# 司馬遼太郎の歴史観

その「朝鮮観」と「明治栄光論」を問う

中塚　明

高文研

本書は、司馬遼太郎の「朝鮮観」について批判的に考察したものです。なぜ特に「朝鮮観」かといえば、朝鮮とのかかわりを抜きにして日本の近代史は語れない、と私は考えているからです。

司馬の「朝鮮観」は、また明治時代を近代日本の「青春期」、「栄光の時代」ととらえる見方と構造的に深く結びついています。

司馬の朝鮮観については、私はだいぶ前、一九八一（昭和五六）年に「歴史研究・歴史教育における朝鮮認識――司馬遼太郎の朝鮮観批判を通して」を発表しています（民主主義科学者協会京都支部歴史部会機関誌『新しい歴史学のために』一六四号）。

それから三〇年近くをへて、今回あらたに本書を書き下ろしたのは、ＮＨＫが今年二〇〇九年暮れ近くから二〇一一年にかけ、一三回にわたり、司馬遼太郎の『坂の上の雲』を原作とするスペシャルドラマを放送することを知ったからです。

ほかならぬ「韓国併合」から一〇〇年の年をはさんで、作者自身が映像化されたくないと明言していた（本書二一ページ参照）作品、『坂の上の雲』をテレビドラマ化することに、どういう意味があるのか？　本書がそのことを考える一助になることを願っています。

中塚　明

もくじ

# IV 歴史になにを学ぶのか

装丁＝商業デザインセンター・増田 絵里

# なぜ、いま、司馬遼太郎の歴史観を問うのか

## 1 「明治百年記念事業」と『坂の上の雲』

### ❖「明治の復活」を

日本政府は、一九六八（昭和四三）年一〇月二三日、「明治改元以来一〇〇年にわたる日本の近代化の成果」をたたえる政府主催の「明治百年記念式典」を開催しました。安倍晋三元首相の大叔父にあたる佐藤栄作が総理大臣であったときのことです。

つぎの文章は、第一回の準備会（一九六六年五月一一日）での首相「開会挨拶」の一部です（傍線、中塚）。

「明治…百年」ということばは、近年各方面において、いろいろな場合に種々の意味内容をもって用いられております。わが国は、明治という時期を画して、長い封建制を脱し、先進諸国の文明を吸収しながら、近代国家への道を歩んだのであります。明治の先輩は、日本人としての国民的自覚に徹し、新しい開拓精神に燃えて、東西文明の接点として日本の建設にこん身の努力をいたし、今日の日本を築き上げたのであります。百年のその間、世界史にいくつかの史実を書きかえた壮大なる進歩と発展の実績は、今次大戦による致命的な痛手にもかかわらず、きわめて短期間に国力を回復し、国の再建に成功しましたこととあわせて全世界のひとしく驚嘆しているところであります。この明治から昭和に至るわが国百年の歴史は、世界各国が驚異の眼をもって観察し、かつ、各国における日本研究の意欲を喚起させている事実に考えをいたして、百年祭を機会に日本人自らがわが国をよく知るように努力し、その国民的エネルギーを今後に発揚することこそ、百年祭の根本的意義であると考えるものであります。

一九四五年の第二次世界大戦での敗戦から一五年をへた一九六〇年代に入ると、日本経済の高度成長に調子をあわせるように、敗戦前の日本、旧い時代、大日本帝国の時代、とりわけ「明治の時代」を顕彰しようとする動きも、目立つようになってきました。

その代表的な動きが政府主催による「明治百年祭」のくわだてでした。

## ❖黙殺された「敗戦」の断絶

「明治」と年号をあらためた一八六八年以来の一〇〇年をふりかえり、「百年のその間、世界史にいくつかの史実を書きかえた壮大なる進歩と発展の実績」を国をあげて祝おうというのです。

先の首相「開会挨拶」の中で、一九四五（昭和二〇）年の敗戦は「致命的な痛手」とはされましたが、日本の明治以後の歴史を「敗戦前」と「敗戦後」に分ける「画期」とはみなされませんでした。

大日本帝国憲法から日本国憲法へ、天皇主権から国民主権へ、君主国家から民主国家へ、軍国主義から平和主義へ――この「大転換＝断絶」はまるでなかったかのように黙殺され、「一〇〇年」をひとつづきとして、そのお祝いを国をあげてやろうというわけです。

日本の近代・現代の歴史について、敗戦後、戦争批判や日本による植民地支配の問題など、新しい見方がようやくひろまろうとするときに、日本人の歴史の見方を敗戦前のそれにひきもどし、日本政府の名による一つの見方を国家的カンパニアで広めようとするくわだてでした。

佐藤首相は「国民的エネルギーを今後に発揚することこそ、百年祭の根本的意義である」と言いましたが、準備委員となった人びとには、無条件の明治賛美論と明治天皇を絶対的に敬い讃え、明治は光輝ある時代、明治時代の政治家は偉大、という考えがおおかたに共通して見られました。

準備委員は、（一）国家機関の部として首相以下全閣僚、（二）二五団体の代表者、（三）四二人の学識経験者で構成されていました。団体の代表者には財界のトップクラスが網羅され、また学識経験者には旧三大財閥の代表者（三井銀行会長の佐藤喜一郎、元三菱銀行頭取で日銀総裁の宇佐美洵《うさみまこと》、住友銀行頭取の堀田庄三）をはじめとし、安岡正篤《やすおかまさひろ》（全国師友協会会長）ら超国家主義者として知られていた人たちもきちんと顔をそろえていました。

ただ、一方では安岡らとは思想的に大きなひらきがあると思われる中山伊知郎、岡本太郎らの名前も見えます。この「明治百年記念」が、ただ大日本帝国憲法下の天皇中心一辺倒では、国民をひろく引きつけることはむずかしいことを、企画した人たちは知っていたにちがいありません。

しかし、「明治を良き時代」として記念しようというわけですから、この機会に「建国記念日の制定（旧紀元節の復活）／靖国神社国家護持法の制定／選挙法の改正（特に小選挙区制の実施）／「憲法をあらためる国民運動の展開」を主張する日本国民会議のような団体の声も、ひときわ大きくなってきました。（『歴史学研究』一九六七年一一月号は「特集〈明治百年祭〉批判」です。当時、明治百年記念がどういう人たちによって、どういう意図をもって計画されたか、関連資料が豊富に収録されています。）

### ❖『坂の上の雲』の登場

司馬遼太郎（一九二三〜九六）の『坂の上の雲』が『サンケイ新聞』夕刊に連載されはじめたのは、この政府主催の「明治百年記念式典」にやや先立つ、一九六八年春のことでした（一九六八年四月二二日から一九七二年八月四日まで）。

すでに東海道新幹線は開業（一九六四年一〇月一日）していましたが、この連載中には東名高速、東京—小牧間が開通し（一九六九年五月）、大阪の吹田市で日本万国博覧会も開催されました（一九七〇年三月〜九月）。この目のまえの日本の高度経済成長の気分が日本の近代の歴史とオーバーラップします。政府主催の「明治百年記念式典」は、そうした市民の気分を、おしひろげる役割をしたことはいうまでもありません。

こういう時期に、日本が世界の大国ロシアに勝った日露戦争（一九〇四＝明治三七〜〇五

＝三八年）の話を主題にした「明治日本の成功物語」である『坂の上の雲』が、あしかけ五年にもわたり、新聞に連載されたのです。『坂の上の雲』は、たくさんの読者を得、司馬遼太郎の代表的な作品となりました。

## 2 「韓国併合百年」にぶつけて、なぜ「坂の上の雲」なのか

### ❖「韓国併合百年」

二〇一〇年は、日本による「韓国併合」の百周年にあたります。

田母神俊雄《たもがみとしお》・元航空幕僚長は、大阪での講演で「日韓併合は、会社で言えば『対等合併』。朝鮮人にも日本人と同じ権利を与えたんです」としゃべったと、新聞が報じていました（『朝日新聞』二〇〇九年五月三日）。

一〇〇年前の日本政府高官も、目をシロクロ、墓場でビックリ、しているのではありりま

せんか。

「併合」という文字は、当時、普通には使われていませんでした。考え出したのは外務省の政務局長だった倉知鉄吉《くらちてつきち》という人です。彼は次のように言っています（外交史料館『諸修史関係雑件　外交資料蒐集関係　史話集（一）』所収、倉知鉄吉氏述「韓国併合ノ経緯」一九三九（昭和一四）年一一月。カタカナをひらがなにし、句読点をおぎない、平易な言葉になおして紹介します）。


当時、韓国を日本に合併するという議論は世間に相当唱えられたけれども、いまだにその意味がよく了解されていなかった。あたかも会社の合併のように日韓両国対等で合同するのだというような考え方もあり、……文字も「合邦」とか「合併」などいろいろな文字を用いていた。

しかるに、小村（寿太郎）外務大臣は、韓国はまったく日本の内に入ってしまって、韓国と諸外国との条約もなくなるのだという考え方であった。とにかく「合併」という文字は適切でない。そうかといって「併呑《へいどん》」ではいかにも侵略的で用いられぬ。いろいろ苦心した結果、私はいままで使用されたことのない「併合」という文字を新たに考え出した。これならば他国の領土を帝国（日本）領土の一部とするという意味が「合併」よりも強い。それ以後は「併合」の文字が公文書に用いられた……

侵略的なにおいがうすく、しかし「韓国がまったく滅んで日本帝国の領土の一部となる」という意味が、よりはっきり表現できるとして「併合」が考え出されたのです。「対等合併」などと誤解されないように、「併合」の文字を使ったんだと当事者が言っています。

一九〇九（明治四二）年七月六日の閣議決定で、「韓国ノ併合ヲ断行スル」と、この文字が採用されています。「併合」という名のもとに、朝鮮、当時の「大韓帝国」は日本によって完全にほろぼされ、日本の植民地にされたのです。一九一〇（明治四三）年八月二二日のことでした。

この「韓国併合」百周年にぶつけるかのように、NHKは二〇〇九年一一月二九日の日曜日から、三年にわたり、延べ一三回（一回九〇分）、司馬遼太郎の長編小説『坂の上の雲』を原作としたスペシャルドラマを放映します。

これを劇化し、足かけ三年にわたる「スペシャルドラマ」に仕立てて、放映するのです。

## ❖ＮＨＫの「企画意図」は

なぜ、このタイミングでＮＨＫが「坂の上の雲」を放映するのでしょうか。ＮＨＫの意図はなんでしょうか。「企画意図」にはつぎのように書かれています（傍線、中塚）。

「坂の上の雲」は、司馬遼太郎が一〇年の歳月をかけ、明治という時代に立ち向かった青春群像を渾身の力で書き上げた壮大な物語です。発行部数は二〇〇〇万部を超え、多くの日本人の心を動かした司馬遼太郎の代表作でもあります。

今回、国民的文学ともいえるこの作品の映像化がＮＨＫに許されたのを機に、近代国家の第一歩を記した明治という時代のエネルギーと苦悩をこれまでにないスケールのドラマとして描き、現代の日本人に勇気と示唆を与えるものとしたいと思います。

二一世紀を迎えた今、世界はグローバル化の波に洗われながら国家や民族のあり方をめぐって混迷を深めています。その中で日本は、社会構造の変化や価値観の分裂に直面し進むべき道が見えない状況が続いているのではないでしょうか。

「坂の上の雲」は、国民ひとりひとりが少年のような希望をもって国の近代化に取り組み、そして存亡をかけて日露戦争を戦った「少年の国・明治」の物語です。そこには、今の日本と同じように新たな価値観の創造に苦悩・奮闘した明治という時代の精神が生き生きと描かれています。

この作品に込められたメッセージは、日本がこれから向かうべき道を考える上で大きなヒントを与えてくれるに違いありません。（二〇〇七年一月一八日　NHK大阪広報資料より）

### ❖『坂の上の雲』のなにが問題なのか

司馬遼太郎は、生前『坂の上の雲』は「なるべく映画とかテレビとか、そういう視覚的なものに翻訳されたくない作品でもあります。うかつに翻訳すると、ミリタリズムを鼓吹しているように誤解されたりする恐れがありますからね」と公けの場所で語っています（NHK、ETV8、一九八六年五月二一日放送。『「昭和」という国家』NHK出版、一九九八年、三四ページ）。

司馬自身、『坂の上の雲』には戦場の場面が多いから、「ミリタリズムを鼓吹しているように誤解される恐れがある」と言っているのです。『坂の上の雲』を批判している人たちにも、おなじようにこの作品は三分の二が日露戦争にあてられ、戦場の動きがことこまかに書かれていることを指摘する方々もあります。

それももちろん大きな問題点ですが、私は日本人の歴史感覚、あるいは欧米の大国のことは比較的よく知っているのに、隣国の韓国・朝鮮をはじめアジアの事情はよく知らないという日本人の国際感覚、さらに現在の日本の対外的な政策選択の問題等々を考えるとき、『坂の上の雲』のさらにもっと大きな問題は、司馬遼太郎の朝鮮についての叙述だ、と考えています。

私はこの本で、司馬遼太郎の歴史観、とくに『坂の上の雲』で司馬は「明治をどう書いたのか」、それは「明治以後の日本の近代史についての司馬の見方とどうかかわっているのか」について意見をのべます。

そして司馬遼太郎の日本の近代史・現代史についての見方が、ひとり彼だけのものでなく、なぜ日本人にひろく支持されているのか、それによって今の日本はどんな問題をひきずることになっているのか、を考えたいと思います。

「明治の話」は「昔の話で、いまのわたしたちと関係ない」のではありません。日本の市民、一人ひとりがどう生きていくのか、わたしたちが明日をどう生きるのかということと深くむすびついている、と私は考えています。

読者のあなたもいっしょに考えてみませんか。はじめにそのことをお願いしておきます。

# I

# 司馬遼太郎は近代日本の歴史をどう見ていたのか

## 1　日本の近代史を見る眼

### ❖「教科書代わり」の『坂の上の雲』

先日、ある会合のあと、数人の方々とお茶を飲みながら雑談する機会がありました。そのお一人の話。「息子がアメリカに赴任したんですが、アメリカ人と話をしていると日本の近代の歴史についてよく質問を受けるそうです。しかし、学校でも教えてもらわなかったし、答えられなくて困っている、なにか適当な本があれば、送ってほしい――といってきたので、司馬遼太郎の『坂の上の雲』をおくってやりましたよ」と。

日本では、いまにはじまったことではありませんが、現に生きている人びとに直接かかわる比較的新しい時代の歴史を軽視する傾向が、明治以後、一貫してありました。いままでも日本の普通教育・中等教育（高等学校までの）の歴史教育で、明治以後の日本の近代の歴史、現代の歴史をきちんと教えている先生は少ないのではないでしょうか。また、大学でも、一般教養として日本の近代史について系統的に教えられているところはほとんどないでしょう。

日ごろの新聞を見ていても、考古学上の発掘や古代の話にまつわるニュースは、しょっちゅう大きくとりあつかわれますが、明治以後の歴史に関する新しい史料の発掘などの話は、きわめて少ないですね。これが日本のマスコミの特徴の一つであると私はつねづね思っています。

なぜそうなのか、その議論をすればそれだけで長くなってしまうので、いま立ち入ることはしません。ただ、ここでは司馬遼太郎の『坂の上の雲』が、「日本近代史のテキスト代わり」にもなっている小説だということだけ述べておきましょう。

### ❖「戦前の昭和は大嫌い。明治、大好き」

司馬遼太郎は日本の近代史をどう見ていたか、端的にいえば「戦前の昭和は大嫌い。明治、大好き」ということです。「戦前」といっても若い世代の方々には、いつの戦争？とよくわからないかもしれませんね。もうすこし具体的に言いましょう。

司馬遼太郎がいう「戦前の昭和」とは、昭和ヒトケタから二〇年まで、とりわけ一九三一（昭和六）年のいわゆる「満州事変」（日本による中国東北部への新たな戦争）から中国との全面戦争へ（一九三七～四五年）、そしてアメリカ・イギリス・オランダなど世界のほとんどの国とたたかった一九四一年以後、一九四五（昭和二〇）年八月の敗戦にいたるまでの時期のことです。司馬遼太郎自身が戦地に戦車兵として動員された体験もふまえ、二度と思い出したくないほど、毛嫌いしている時代です。

これに対して、「明治の日本」、日清・日露戦争の時代を、司馬は明るく希望があった青春ニッポンの時代と見ます。「明治栄光論」の代表的主張者です。

日本の思想家、作家、歴史家にも、右派はもちろんのこと、左派とみられる人のなかでも「明治以後」の日本の歴史をふりかえって、おなじように考えている、あるいは主張している人がたくさんいます。近年よく読まれた半藤一利さんの『昭和史』（平凡社、二〇〇四年）もそうですね。

### ❖「明治の先人たちの仕事を三代目が台無しにした」という日本人の歴史感覚

「祖国は敗けてしまったのだ。偉大であった明治の先人達の仕事を三代目が台無しにしてしまったのである」（大岡昇平『俘虜記』、「八月十日」）――敗戦でこう感じた日本人はたくさんいたことでしょう。

敗戦後の日本で注目された小説のひとつに大佛《おさらぎ》次郎の『宗方姉妹』（一九四九〈昭和二四〉年）があります。大学を出てからずっと「満州」（中国の東北部）で生活していた父親と娘たちの物語です。娘たちをまえに父親がこう語る場面があります（現代の仮名づかいにかえてあります）。

「私など、学校を出て、四十年を満洲で仕事をして暮らして来た。一代を、それで終わったと見てもいい上に、私たちが力を入れて築き上げて来たことは、軍人たちが始めたこの戦争で、根こそぎ、ひっくり返された。一生の仕事が無駄になったと言ってもよいのだ。夜、睡れない時などに暗闇に目をあいていて、それをつくづくと考えることがある。一生涯を費した満洲の生活から、私に残ったものは、満里子だけなのだ。満洲娘さ。」

満州で築き上げた仕事が「軍人たちが始めたこの戦争で、根こそぎ、ひっくり返された」

というのです。大佛次郎といえば西欧的な知性にささえられた健全な保守主義と進歩的な思想の調和のとれた世界をめざした作家として位置づけられています。その作家の敗戦直後の感慨がこの作品にこう表現されているのです。つまり四〇年前＝一九〇五年、この作品の主人公の年齢からいうと二三歳ぐらいから六三歳ぐらいまで、日露戦争後から一九四五年の敗戦までの感慨がこう表現されているのです。

## ❖「日本の破綻は明治への背信」という説

敗戦後、長く首相の座にいた外交官出身の吉田茂（麻生太郎首相の外祖父）は、日本を敗戦に導いた「日本の両大戦間（第一次世界大戦と第二次世界大戦との間。一九一九〜一九三九年─中塚）における破綻は明治の遺産の結果ではなく、それに対する背信であるという揺るぎない信念」をもっていたといわれます（ジョン・ダワー『吉田茂とその時代』下、TBSブリタニカ、一九八一年、五六〜七ページ）。

この吉田首相のもとで一九五一（昭和二六）年初めに外務省で作られた「日本外交の過誤」という文書があります。記述は一九三一（昭和六）年の「満州事変」から始まっています。「過誤」はそれ以後のことだというのでしょう。日清・日露戦争をふくむそれまでの日本の戦争や対外政策には、「過誤」というべき問題はなかった、多大の成功をおさめた時代と見ていたといってよい、外務省が作成した「日本政府」の文書です。

しかも、アメリカの意図も働き、極東国際軍事裁判（東京裁判）では、一九二八年（張作霖爆殺問題）以前の問題はとりあげられませんでした。したがって、日本の台湾や朝鮮などへの侵略、植民地支配の問題などを再検討するという関心は、ごく少数の人をのぞいて日本人の間には生まれませんでした。

「敗戦にいたる昭和のヒトケタから二〇年までの日本」がひどい時代だった、「一部のアホな軍人が国の舵取《かじと》りをあやまったから、日本はこんなひどい目にあったんだ」――という感慨は、こうした政治的雰囲気もたすけになって、ひろく日本人のあいだに共有されていったといってよいでしょう。

## 2　敗戦前の昭和は日本史上「非連続の時代」という説

### ❖司馬遼太郎の日本近代史を見る根幹

司馬遼太郎は、こんな日本の近代史について、「理論づけ」をします。司馬の歴史観の根幹をなすものなので、しっかり見ておきましょう。

> 昭和ヒトケタから同二十年の敗戦までの十数年は、ながい日本史のなかでもとくに非連続の時代だったということである。
> たとえば戦後、〝社会科学〟的用語としてつかわれる「天皇制」などというえぐいことばも、多分にこの非連続的な時代がイメージの核になっている。
> ——あんな時代は日本ではない。
> と、理不尽なことを、灰皿でも叩きつけるようにして叫びたい衝動が私にある。日本史のいかなる時代とも違うのである。（司馬遼太郎『この国のかたち　一』文藝春秋、一九九〇年、三六ページ）

そしてこの日本史上の「非連続の時代」を司馬は「異胎《いたい》の時代」とも言います。

……近代といっても、一九〇五年（明治三十八年）以前のことではなく、また一九四五年（昭和二十年）以後ということでもない。その間の四十年間のこと……

歴史もまた一個の人格として見られなくもない。日本史はその肉体も精神も、十分に美しい。ただ、途中、なにかの変異がおこって、遺伝学的な連続性をうしなうことがあるとすれば、

「おれがそれだ」

と、この異胎はいうのである。（同前、二七〜二八ページ）

### ❖「異胎の時代」の「思想の卸し元は参謀本部」

そしてこの「異胎の時代」の「思想の卸し元は参謀本部であったとしか言いようがない」（同前、三一ページ）といいます。

参謀本部……ともかくも明治憲法下の法体制が、不覚にも孕《はら》んでしまった鬼胎《きたい》のような感じがある。

といえば、不正確である。

参謀本部にもその成長歴があって、当初は陸軍の作戦に関する機関として、法体制のなかで謙虚に活動した。（中略）

しかし、将来の対露戦の必要から、韓国から国家であることを奪ったとすれば、そういう思想の卸し元は参謀本部であったとしか言いようがない。（同右、三一ページ）

司馬は昭和ヒトケタから二〇年までを「異胎の時代」というのです。「異胎」の「胎」は「胎児」などの「胎」、こどもを「はらむ」、あるいは「はらごもり」などの意味。「異胎」というのですから、それまで「はぐくまれた日本」とは異なった「はらごもり」をした「それまでとは違った非連続の時代の日本」、そしてはらませた根源は「参謀本部だ」というのです。

もちろん、一つの国の歴史に「非連続の時代」などがありえないことは、司馬もよく知っています。だから「そういう理不尽に灰皿でも叩きつけたい」と言っているのです。しかし、そこから歴史を語ります。この「異胎の時代」を作ったのは誰か。その「思想の卸し元は参謀本部であったとしか言いようがない」というのです。

参謀本部とは、旧日本陸軍の軍隊の動員や国防、戦争指導、作戦計画の立案・指導の頂点にたっていた機関です。すべてこの参謀本部の指示で日本陸軍が動く仕組みになっていたのです（海軍の場合は軍令部）。司馬は、敗戦にいたる昭和の日本を目茶苦茶にした責任の根元は参謀本部にある、と言いきります。もっとも「参謀本部にもその成長歴があって、当初は陸軍の作戦に関する機関として、法体制のなかで謙虚に活動した」、ところが「将来の対露戦の必要から、韓国から国家であることを奪った」韓国併合のころから、いびつになり出して、「異胎の時代」をつくり出す「思想の卸し元」になったと言うのです。

## 3　日露戦争後におかしくなった日本――という説

### ❖日本は日露戦争後に「民族的に痴呆化した」

司馬遼太郎は『坂の上の雲』でも、日露戦争のあと日本がおかしくなったということを随所で書いています。
その一つをあげてみます。

要するにロシアはみずからに敗けたところが多く、日本はそのすぐれた計画性と敵軍のそのような事情のためにきわどい勝利をひろいつづけたというのが、日露戦争であろう。

戦後の日本は、この冷厳な相対関係を国民に教えようとせず、国民もそれを知ろうとはしなかった。むしろ勝利を絶対化し、日本軍の神秘的強さを信仰するようになり、その部分において民族的に痴呆化した。日露戦争を境として日本人の国民的理性が大きく後退して狂躁の昭和期に入る。やがて国家と国民が狂いだして太平洋戦争をやってのけて敗北するのは、日露戦争後わずか四十年のちのことである。敗戦が国民に理性をあたえ、勝利が国民を狂気にするとすれば、長い民族の歴史からみれば、戦争の勝敗などというものはまことに不可思議なものである。（「あとがき二」文春文庫〈八〉三〇七ページ）

ですから、当然、日露戦争までは、日本の指導者も国民もしっかりして国際法もよく守ったといいます。

### ❖「少年の国・日本」「武士の倫理が機能した日本」

ＮＨＫスペシャルドラマ「坂の上の雲」の第一回は「少年の国」と題して放映されます。それは司馬のつぎのような叙述にもとづくもので、日清・日露戦争にいたる明治日本のイメージでもあります。

　この時代の日本人ほど、国際社会というものに対していじらしい民族は世界史上なかったであろう。十数年前に近代国家を誕生させ国際社会の仲間入りをしたが、欧米の各国がこのアジアの新国家を目《もく》して野蛮国とみることを異常におそれた。さらには幕末からつづいている不平等条約を改正してもらうにはことさらに文明国であることを誇示せねばならなかった。文明というのは国家として国際信義と国際法をまもることだと思い、その意思統一のもとに、陸海軍の士官養成学校ではいかなる国のそれよりも国際法学習に多くの時間を割《さ》かせた。（文春文庫〈一〉二二六ページ）

さらに日露戦争の当時でも、江戸時代以来の武士の「倫理性」が機能していたのだと、つぎのように書いています。

日本はこの戦争を通じ、前代未聞《みもん》なほどに戦時国際法の忠実な遵奉者《じゅんぽうしゃ》として終始し、戦場として借りている中国側への配慮を十分にし、中国人の土地財産をおかすことなく、さらにはロシアの捕虜に対しては国家をあげて優遇した。その理由の最大のものは幕末、井伊直弼《なおすけ》がむすんだ安政条約という不平等条約を改正してもらいたいというところにあり、ついで精神的な理由として考えられることは、江戸文明以来の倫理性がなお明治期の日本国家で残っていたせいであったろうとおもわれる。（文春文庫〈七〉二〇七～二〇八ページ）

### ❖「明治はよかった」という人はいっぱいいる

日露戦争の後、日本がおかしくなり、やがて「昭和の異常」に突入し、一九四五年の敗戦にむかって転落していくと見ている人は、決して司馬遼太郎だけではありません。思想家、作家、歴史家のなかに、そして日本人の間にひろく見られる傾向です。枚挙にいとまがありませんが、二つほど例をあげておきましょう。

第二次世界大戦後の日本の歴史学界で、左派を代表した一人である帝国主義史研究の高名な歴史家、江口朴郎は、こう言っています。

私は司馬さんの「坂の上の雲」とか、あるいは江藤淳さんのあの時代への関心に注目するんですが、あのへんの日本の政治・文化のありかたには、いちおうそれなりにリアリティが客観的にはあったんじゃないかと思うんです。いろいろ論じかたがあるけれども、あそこまで世界情勢の現実にギリギリに対処してきた日本人が、江藤流にいうと大正以後どうして虚像に踊るようになったか、という考えかたもある。そこまでは私も賛成だ。（笑）どうしてこう頭が悪くなったのか。（小学館『日本の歴史』全三二巻最終巻「現代の日本」月報の司馬遼太郎との対談「日本および日本人」一九七六年八月二日）

## ❖「武士道のモラルをもってのぞんだ日露戦争」という人も

もう一人、パリに在住し、先年なくなられましたが、歴史と現在にかかわるエッセイを日本に送っていた藤村信《ふじむらしん》という人がいました。その「パリ通信」は、雑誌『世界』に掲載されたり、単行本として出版されています。私もそこから学ぶことが少なくありませんでした。日本の良心を代表する国際的なジャーナリストです。

その著書の一つに、『夜と霧の人間劇――バルビイ裁判のなかのフランス』（岩波書店、一九八八年）があります。第二次世界大戦中のナチスに対するレジスタンス運動の光と影を分析した好著です。しかし、好著であるだけに、次のような文章にであうと、私は愕然としてしまうのです。

もちろん、過去のあらゆる戦争は民衆の犠牲においておこなわれてきましたが、少なくとも近代においては第一次大戦末期の頃まで、戦争の当事者には、戦争に関係のない良民に犠牲を強い、苦難をあたえてはならないという一種の騎士道のような精神があったし、その精神は実際に行動にうつされました。日露戦争において日本の将兵は武士道のモラルをもって敗敵にのぞむ、おくゆかしい余裕をそなえていました。……（同書、一一ページ）

いったい、いつのころから戦争の当事者は戦争にかかわりのない人民をはばからずに殺すようになったのであろうか？　ちょうど今から五十年前の一九三七年四月、ナチス空軍の実験的爆撃によるゲルニカの虐殺、そして同年十二月の南京の大虐殺が期せずしてひとつの分水嶺ではなかったであろうか？　もちろん、あらゆる戦争は良民の犠牲においておこなわれ、戦争となんのかかわりももたない良民が被害者になることはそれまでもあったが、少なくとも日露戦争と第一次大戦の末期までは、戦争当事者のなかに良民は殺傷してはならないという騎士道精神の名残りともいうべき無言のルールがあった。このルールを破棄して、人民の大量殺傷を戦略のひとつに加えいれたのはナチズムと日本のファシズムにはじまる。……（同前、一二八ページ）

騎士道精神、武士道精神の名残り――、それがどうしてゲルニカ、南京大虐殺を生むことになるのか？　説明はついているのでしょうか、ついていないのではありませんか。日本でいえば、他民族の大虐殺はそれ以前にもありました。それが拡大して十五年戦争以後に連なるのです。非連続はないと私は考えています。そのことを事実をもって示すのが、日本の朝鮮とのかかわりです。

私はこの本で、近代日本と朝鮮のかかわりを、読者に紹介したいと思っています。それによって「栄光の明治」とは異なる明治の姿が見えてくるはずです。

その前に、司馬遼太郎が朝鮮をどう見ていたか、それについて見ておきましょう。

# Ⅱ

# 司馬遼太郎の「朝鮮観」

## 1　司馬遼太郎は朝鮮問題によく通じていたのか

### ❖在日韓国・朝鮮人と交遊のあった司馬遼太郎

司馬遼太郎記念財団が運営する司馬遼太郎の記念館は東大阪市にあります。近鉄奈良線の河内小阪駅、あるいはもう一つ生駒山側、八戸ノ里駅で下車、徒歩一〇分あまりのところ、大阪府立布施高等学校の近くに記念館がつくられました。東大阪市は彼が長年住んでいた土地です。

大阪市の東部から東大阪市の旧布施市の地域にかけては、一九二〇年代以降、当時、日本の植民地だった朝鮮から、日本に働きにきた朝鮮人がたくさん住みついた地域です。いまでも日本のなかで、在日韓国・朝鮮人の集住地域として有名です。

司馬遼太郎は、年少のころから朝鮮人と数多くつきあってきて、作家として名をなしたあとも少なからぬ在日の韓国・朝鮮人の文化人、作家、学者とのつきあいも深い人でした。『坂の上の雲』とならんで、彼の人気のある紀行文、「街道をゆく」シリーズの2に『韓《から》のくに紀行』（朝日文庫、一九七八年）があります。これで、司馬が韓国・朝鮮問題の専門家になったとはとうていいえないと思うのですが、しかし、高名になった作家ということもあり、マスコミではこんなことがありました。

### ❖「金大中死刑判決」での談話

金大中《キムデジュン》という韓国の政治家はご存じの方も多いと思います。一九九八年、韓国第一五代の大統領となり、二〇〇〇年には朝鮮民主主義人民共和国（北朝鮮）金正日《キムジョンイル》総書記との間に南北首脳会談を実現し、その功績をたたえられてノーベル平和賞も受賞しました。大統領にまでなりましたが、一九六〇年代から八〇年代にかけては、ときの軍事政権の政敵と見なされ、なんども生命の危機に追い込まれたことがあります。

一九八〇年の五月、学生運動などを煽動したとして軍事政権のもとで逮捕され、国家保安法・反共法違反で死刑を宣告されたことがありました。日本でも救援の声が高まっていました。しかしその年の一一月三日、韓国戒厳高等軍法会議が金大中の控訴をしりぞけ、ふたたび死刑判決を言い渡しました。

翌日、一一月四日の『朝日新聞』は「届かぬ祈り　高まる不安」との見出しで、三人のコメントをのせましたが、そのトップに一番広い紙面をさいて司馬遼太郎の談話がのりました。「韓国に固有の聡明さを期待」との見出しをつけた「司馬遼太郎氏（作家）」の談話です。その全文を紹介しましょう。

よその国というのは、じつに解らないものです。今回の金大中氏のような例は、朝鮮では李朝時代（一三九二年に高麗を滅ぼして成立し、一九一〇年まで続いた朝鮮の王朝。李氏朝鮮を略称して李朝ともよぶ——中塚）から政治的な価値の多様さを認めなかったために無数にあったのではないでしょうか。自分勝手な呼び方ですが、〝政治民族学〟のような面から一市民として隣国をそっとながめているんです。

李朝五百年というのは、儒教文明の密度がじつに高かった。しかし、一方で貨幣経済（商品経済）をおさえ、ゼロといってよかった。高度の知的文明を持った国で、貨幣をもたなかったという国は世界史に類がないのではないでしょうか。

近世社会のものの認識や、冷静な合理主義、あるいは人間を個別的に見る態度は、貨幣経済の中で育ったというのが私の考え方です。李朝五百年がそれをことさらに抑圧したというのは、歴史像としてはみごとだと思いますが、同時に中世的なはげしい自己主張や激情がいまもって残っていなくもないように思います。むろんこれは韓国人・朝鮮人のよさでもあります。ただ、ふつうならば商品経済が育てる平明な認識を、知的で先鋭な議論で代替させようとするところが、どこか残っているのではないでしょうか。金大中氏という存在を法のかたちを借りてつぶしてしまおうという動きも、そうした歴史的な政治土壌とどこかかかわっているように思います。

私は他国の国内での政治事象について、とやかくいいたくありませんが、しかし、だれが見てもバランスを失したかたちで一人の政治家が殺されることについては、市井人（しせいじん）としての憤りと当惑とやるせなさを感じます。もし（金大中氏が）死刑になれば、韓国はただの人間の常識が生きているはずの国際社会の一員である場から大きく大きく後退せざるを得ないでしょう。これは今後の韓国としても失うところが計り知れぬほどに大きいし、隣国に住む人間として非常につらい思いをもちます。人間の一員として事態が決してそのようにならないことを祈りますし、韓国社会が固有にもってきた人間的な優しさと聡明さが大きく作動してくれることをひたすらに望みます。

談話を寄せたあとの二人のうち、朝鮮近現代史研究者の神谷不二《かみやふじ》さんは「冷静さを欠けば悪循環の恐れ」と、人権問題で韓国だけ責められない、踏み込みすぎるとかえってマイナスになる、つまり韓国の軍事政権をあまり非難するな、というコメント。もう一人、朝鮮問題を中心とする国際政治史研究者の和田春樹さんは「五年前に人革党（人民革命党）被告八人は、大法院判決の翌朝、処刑されました。その再現はどうしても防がなくちゃ」と静観論を批判しました。

その両者のいずれにもくみしない、あたかも第三者的で客観的な高みから公平に見てるよ、と言わんばかりに、この金大中死刑判決を論じたのが、司馬の右の談話なのです。しかも、司馬は金大中氏がなんとか死刑にならないように一人の市民として祈っているともいっているのです。

日本人の多くも、一九七三（昭和四八）年、金大中氏が東京のホテルから韓国の中央情報部（ＫＣＩＡ）の要員によって拉致されたことを知っています。なんどもひどい目にあっている金大中氏にまた死刑判決か、死刑にならないように、と願っている日本人もたくさんいました。

　しかし、そこへ司馬遼太郎のこのコメントです。「李朝五百年は世界に例がない貨幣ゼロの国。これでは合理的な思考が育たないのは当然」だったと聞かされて、「あぁ、そうなのか。殺されても仕方ないか。韓国・朝鮮はどうしようもないナ」と『朝日新聞』を読んで思った人は多かったのではないでしょうか。

### ❖歴史家・旗田《はただ》巍《たかし》の批判

　しかし、「李朝五百年は世界に例がない貨幣ゼロの国」というのは、司馬の無知、意図的とまでは思いませんが、少なくとも思いこみによる文字通りデタラメな主張です。

　貨幣の鋳造はすでに高麗《こうらい》時代にはじまっています。李氏朝鮮時代になって初期には紙幣や鉄銭などの流通が試みられましたがまだ一部にとどまっていました。それが生産力の発展にともない、一六七八年以降には国家が鋳造する少額貨幣である「常平通宝」（四角い穴が開いた銅貨で葉銭《ヨプチョン》と通称された）が常時鋳造され、ひろく流通していました。

　また儒教の内部から近代を志向する思想が生まれ、実学とよばれる多彩な文化も展開していました。朝鮮史研究会の会長であった旗田巍さんは一九八一年四月、朝鮮史研究会の例会で「司馬遼太郎の朝鮮観」と題する報告をおこない、その誤りをきびしく指摘しました（『朝鮮史研究会会報』六四号、一九八一年九月三〇日発行）。

いくら高名な作家だからといって、こんなデタラメなコメントをもらって、それを新聞に掲載した『朝日新聞』の見識も問われる記事でした。

## 2 「古代の朝鮮」を語って「近代の朝鮮」を語らない

### ❖「古代以来の農耕生活がつづく農村」

司馬遼太郎の「街道をゆく」シリーズの2、『韓《から》のくに紀行』はもっぱら韓国の農村を歩いた記録です（『週刊朝日』一九七一＝昭和四六年七月一六日号〜一九七二年二月四日号まで連載）。なぜ、都市には行かないで農村ばかりなのか？　農村でなにを見たのでしょう。

同書から引用します。

ソウルの都市文化的な殷賑《いんしん》は、大阪あたりとほぼ変らない。二十世紀そのもののソウルでが、韓国の農村は上代農村のにおいをのこしている。二十世紀の世界に逆もどりするような暮らし馴れている人が、いきなり農村へゆけば、十世紀の世界に逆もどりするような時間的苦痛を感ずるのかもしれず、その苦痛は、たとえば気圧の急激な変化のなかに身をおいたような肉体的苦痛をともなうのかもしれない。

「韓国では貧富の差がひどいそうですね」

と、ひとによくきかれるが、貧富の差というそういう図式的な見方は、韓国人に対して不親切であるようにおもえる。もはや時間の差としか言いようがない。急速な資本主義的発展をとげたソウルと、なお李朝的停滞のなかにある農村とのあいだには、五百年か千年のひらきがあるように思われる。ソウルでは地下鉄をつくる計画がすすめられているというのに、農村では一般に電灯もないのである。日出《いづ》レバ耕ヤシ日没スレバ憩《いこ》ウといったふうの上代以来の農耕生活がいまも連綿とつづいており、非人工の環境と自然の循環になずみきっている農民の貌《かお》には、いままで出遭ったどの農民も、資本主義的競争社会が生みだすあの険しさやいやしさがない。

韓国の農村をそとからみて、これが資本主義社会の農村であるとはとてもおもえない。利潤を拡大するような努力——開墾をしたり換金性の高い作物を植えたり、電化によって生産性を高めたり——する風景は外側からみたかぎりではあまり接することがなく、さらには消費によって生産を刺激するといった風景も、せまい見聞のなかでは存在しなかった。

韓国の農村は、悠然としている。李朝五百年が、まだつづいているという感じなのである。（朝日文庫版、一九七八年、一四八〜一四九ページ）

## ❖「外国からの侵略のほか自力では変わらない李朝的停滞」という決めつけ

おなじような主張は、この旅行記をいくらか「理論化」した風の評論、「競争の原理の作動」（司馬遼太郎『歴史の中の日本』中公文庫、一九七六年、所収）にも見られます。

私はちかごろ韓国を旅行した。日程の九割ほどは農村をまわった。農村がまったく近代化されておらず、いわば貧困で、日本でいえばなにやら奈良朝当時の農村はこうであったのではなかったかとおもわせた。（六五ページ）

韓国における農村の停滞は、旧中国において見たそれとそっくりであり、規模としては縮刷版の感じがした。この停滞は、いまの韓国政府に責任があるわけではなく（将来への責任があるにしても）、さらに勇敢にいってしまえば、韓国にとって諸悪の根源である「日本統治三十六年」にじかに責任があったというように、そのようにいいきってしまうことも、どうも大事なものを落としてしまうような気がする。

韓国のひとびとに素直に考えてもらいたいが、この停滞は、こんにちの韓国人の生活意識や規範、習慣のほとんどをつくりあげた李朝五百年の体制に原因の多くがもとめられるのではないか、とおもったりした。（六六ページ）

さらに競争の原理を内部的にもたない当時の中国・朝鮮式体制にあっては、その体制の外観は堂々とはしているものの、それがいかに腐敗して朽木同然になっても、みずからの内部勢力によって倒れることがない。外国の侵略という不幸な外圧によってようやく倒れるわけであり、言葉をかえていえば、体制内における薩長的存在（日本の徳川幕府が倒れるころ、倒幕の政治勢力の中心となった薩摩藩や長州藩のことを指してい

る――中塚）というものをみとめないために、他から倒されるほかない。（七三ページ）

### ❖日露戦争前後の「朝鮮停滞論」のむしかえし

「朝鮮の社会は停滞している」、「朝鮮は歴史の発展からとりのこされている落伍した社会だ」――右にみた司馬遼太郎の主張は、実は司馬の独創でもないし、司馬の「新発見」でもありません。日露戦争の前後、朝鮮を日本の領土として支配しようとしたそのころにさかんにふりまかれた「理論」でした。司馬の主張は珍しいものではありません。

日露戦争当時、福田徳三という有名な経済学者がいました。彼が一九〇三（明治三六）年から翌年にかけて書いた「韓国の経済組織と経済単位」という論文があります。「朝鮮停滞論」のイメージをつくりあげるのに決定的な役割をはたした論文です。

彼は一九〇二（明治三五）年の夏、朝鮮を旅行しました。この旅行で朝鮮の実情を見聞して資料を集め、それにもとづいてこの論文を書いたといいます。しかしその旅行は短期の駆け足旅行でした。朝鮮に行く前から、朝鮮のイメージはできあがっていたのです。

彼にはすでに『日本経済史論』という著作があり、西洋の歴史を基準にして、日本は西洋と同じような歴史を持っている、封建制度の時代を体験している、だから日本の将来は西洋の資本主義国と同じように発展することが期待できる、と考えてこの本を書きました。それにくらべて朝鮮には、西洋の近代社会を生み出した封建制度がない、朝鮮の実情は封建制度成立以前のきわめて幼稚な社会で、自主的な近代的発展は望めない、だから日本には朝鮮の近代化を進める使命があるのだ、と主張したのです（旗田巍『日本人の朝鮮観』勁草書房、一九六九年、三四〜三五ページ参照）。

### ❖司馬説は新渡戸稲造「枯死国朝鮮」のコピー

樋口一葉の前に「五千円札」の顔であった新渡戸稲造《にとべいなぞう》という人はよく知っているでしょう。国際連盟の事務局次長にまでもなったので、近代日本きっての国際人といわれている人です。その新渡戸が日露戦争が終わった翌年、一九〇六（明治三九）年、新設された朝鮮統監府の嘱託をうけ、朝鮮に旅します。

その新渡戸に、こんな旅行記があります。「枯死国朝鮮」という文章で、書いたのは一九〇六年一一月、全羅北道《チョルラプクド》の全州《チョンジュ》ででした。

読者の皆さん。「全羅北道の全州」、この地名をよく覚えておいてください。あとで話をすることになる東学《とうがく》農民の蜂起にかかわる重要な土地ですから。

その全州で、新渡戸稲造は「枯死国朝鮮」（枯れて死んでしまった国、朝鮮）を書いたのです。その一部を紹介します。

朝鮮の衰亡の罪を帰すべき所は、其国の気候にも非《あ》らず、又た其の土壌にも非らず。……凡《すべ》ての罪悪は彼によりて生ず。（『新渡戸稲造全集』第五巻、教文館、一九七〇年、所収）

朝鮮が衰亡した原因は、この国の気候が悪いせいでもない。またその土壌が悪いというわけでもない。朝鮮衰亡の罪となるべき原因は、すべては朝鮮人そのものにあるのだ、というのです。そして続けます。

其生活や……予は千年の古《いにし》へ、神代《かみよ》の昔に還りて生活するが如きの感をなす。打《うち》見る、多くの顔は神の姿かと誤たるるばかりに、恬淡《てんたん》、荘厳、端正なり。されど毫《ごう》も表相無し、此《この》国民の相貌《そうぼう》と云い、生活の状態と云い、頗《すこぶ》る温和、樸野《ぼくや》且つ原始的にして、彼等は第二十世紀、はた第十世紀の民に非らず、否な第一世紀の民にだもあらずして、彼等は有史前紀に属するものなり。……
……かく死と密接せる国民は、自ら既に半ば以上死せるものなり。
此人民には……さりとて原始的人民の精力あるを示さず。……新爽なる古事記に現われたる如き、野性的気魄を想起せしめず。
韓人生活の習風は、死の習風なり。彼等は民族的生活の期限を了《おわ》りつつあり。彼等が国民的生活の進路は殆ど過ぎたり。死は乃《すなわ》ち此半島を支配す。

朝鮮人の生活を見ていると、神代の昔の生活のようだ。人びとの顔も神の姿と見まがうばかりである。顔つきも、無欲、おごそか、そして整っていて見事である。しかし少しも表情がない。顔つきも生活状態も温和で、かざりけがなく、自然のまま、つまり原始的である。……かといって、原始時代の人間のように心身に活力がみなぎり、野性的なところがない。

要するに、死相をおびていて、この民族はその生活期限が終わっていて、死が朝鮮を支配している――というのです。ひどい話ですね。

ところが司馬にもこんな文章があります。新渡戸の文章と読みくらべてみてください。

中国・朝鮮式の専制体制は、競争の原理を封殺するところにその権力の安定をもとめた。その体制の模範生だった朝鮮の農村には、競争の原理というものが伝統としてない。そのために朝鮮の老農夫はだれをみても太古の民のようにいい顔をしており、日本人の顔に共通した特徴とされるけわしさがない。（司馬、前掲、中公文庫、七二ページ）

まるで、新渡戸のコピーではありませんか。

### ❖歴史家・梶村秀樹の批判

日本でも一九四五年の敗戦後、日本人、在日朝鮮人の朝鮮史研究が新しい動きを見せるようになりました。

そのなかで、若い日本人の朝鮮史研究者として注目されていた梶村秀樹さん（一九三五〜八九）が、まだ二八歳のときに、つぎのように書いていたことを、読者と共に記憶しておきたいと思います。

ともかく、日本では以上のような通念（李朝後半期は停滞と混乱をくりかえしているつまらない時代という通念―中塚）は、ぬきがたいものになっている。そのような通念に従って朝鮮に「同情」するとなると、社会・経済的には朝鮮はおくれているが、朝鮮人にも何か良い点はある、それは文化、芸術の面ではなかろうかというふうに考えが進められてくる。高麗青磁が愛玩されたり、朝鮮人の芸術的素質の高さが認められる半面、しかし社会経済方面は不得手のようだから、根ほり葉ほり調べあげて恥をかかせないようにそっとしておこうということになる。朝鮮人が事実にふれることによって打破してもらいたいと望んでいる虚像が、観念の中でだいじにいたわられることによって、却って破壊されずに保存されることになる。だから、文化史の部門では柳宗悦が出たが、社会経済史に関しては柳宗悦さえ出なかった。（梶村秀樹「李朝後半期朝鮮の社会経済構成に関する最近の研究をめぐって」、『朝鮮研究月報』二〇号、一九六三年八月）

たしかにそのとおりです。しかし、司馬遼太郎は、一九七〇年代になっても、前掲の文章でなおこう言っていましたね。

日出レバ耕ヤシ日没スレバ憩ウといったふうの上代以来の農耕生活がいまも連綿とつづいており、非人工の環境と自然の循環になずみきっている農民の貌には、いままで出遭ったどの農民も資本主義的競争社会がうみだすあの険しさやいやしさがない。

韓国の農民は、一九七〇年代になっても「非人工の環境と自然の循環になずみきっている」と司馬は書いているのです。「人の手も加わっていない自然の循環のなすがママの生活」だというのです。

### ❖ペアをなす『韓のくに紀行』と『坂の上の雲』

韓国も広いですから「深山幽谷」の地域もあるにはあるでしょう。日本でもさがせばそれとおなじようなところがあるかもしれません。しかし、韓国の農村がすべて市場からシャットアウトされて、農民もテンとしてそんな関心もなく「李朝五〇〇年の停滞」のままというのです。いったい司馬はなにを見たというのでしょうか。

それでも、司馬は在日の韓国・朝鮮の文化人・作家・学者と交遊があると世間に知られている作家です。その人がこういうのだからと、「社会経済方面は不得手」な韓国・朝鮮人を、なかば「同情しながら」、なかば「さげすみながら」、この「街道をゆく」を愉しんで読んでいる日本人読者はいまなお多いことでしょう。

たしかに一九世紀の末期には、李氏朝鮮王朝は弱体化し崩壊しつつありましたが、それだけに政治的にも社会的にも、さまざまな激動を迎える時期でもありました。しかし、司馬遼太郎は「李朝五百年」を変化のないひといろの、自力では変革できない体制だというのです。

「競争の原理を内部的にもたない当時の朝鮮にあっては、それがいかに腐敗して朽木同然になっても、みずからの内部勢力によって倒れることがない。外国の侵略という不幸な外圧によってようやく倒れる……、他から倒されるほかない」といっていることをもう一度確認しておきましょう。

新聞に、毎日『坂の上の雲』を書きながら、その後半にきて同時並行的にこの『街道をゆく・2　韓《から》のくに紀行』が『週刊朝日』に連載されました（一九七一＝昭和四六年七月一六日号から七二年二月四日号まで）。どうしてなのでしょうか。タフな執筆活動といえばそれまでですが、私は『坂の上の雲』での「朝鮮」についての描き方と、この『韓のくに紀行』は構造的にぴったりと組み合わされていたと考えています。

おなじ作家が同時期に書いているのだから、結びついているのはあたりまえ、なんでそんなことをいうのか、と怪訝に思われるかもしれません。しかし、『坂の上の雲』で、司馬は朝鮮をどう書いたのか、それをたしかめると、『坂の上の雲』と『韓のくに紀行』の関係は、きわめて鮮明になるはずです。そして、両者を並行して書いた司馬の心底《しんてい》もはっきりしてくると思います。

## 3 『坂の上の雲』の時代——日本の勃興・朝鮮の没落

### ❖日本が不平等条約から解放されるのと「韓国併合」はほぼ同時

司馬遼太郎が『坂の上の雲』で対象とした時代の日本と朝鮮の関係はどうだったのでしょ

うか。

まず日本の変化をふりかえってみましょう。

明治のはじめ、日本は大昔からそうであったように、ユーラシア大陸の東の縁《ふち》に位置する小さな島国でした。その日本が、日清戦争・義和団の鎮圧戦争・日露戦争をへて、四〇年足らずで世界の大国の仲間入りをしました。日本の帝国主義国化です。

そしてそれは日本が朝鮮を支配下におさめる過程と同時進行的にすすんだことも、否定できない客観的な歴史の過程です。とりわけ日清戦争から日露戦争の時期がそうですね。

日本が江戸時代の末期、欧米諸国から押しつけられていた不平等条約のくびきから最終的に解放されたのが、一九一一（明治四四）年、イギリスなどとの条約改正により日本が文字通り関税自主権を確立した時です。

その一年前、一九一〇年に、日本による朝鮮（当時は大韓帝国と称していました）の完全な植民地支配、「韓国併合」が実現されたのです。

欧米諸国の圧迫から日本が解放されるのと、日本が朝鮮を完全に支配下におくのとが、ほとんど同時だったのです。

## ❖アジアの人たちはこの変化をどう見ていたのか

歴史に残るインドの傑出した政治家であったジャワーハルラール・ネルーは、イギリスからのインドの独立運動の指導者でした。しばしば投獄されました。そして刑務所のなかで幼い一人娘のインディラの教育のためにと、手紙のかたちで世界の歴史を語りました。日本でも翻訳され、多くの読者を得ている名著『父が子に語る世界歴史』がそれです。その「激動の十九世紀」（みすず書房版、第4巻）に、「日本のばく進」、「日本の勝利」の章があります。

ネルーは、日清・日露戦争で勝利した日本をどうみていたのでしょうか。

まず、日清戦争について。

一八九四-五年の中日戦争は、日本にとっては朝飯前の仕事であった。日本の陸海軍が新式だったのにたいして、中国のそれは旧式で、老朽化していた。日本は連戦連勝して、中国にたいして、日本を西洋列強と同等の地位におく条約〔下関条約〕の締結を強要した。朝鮮の独立は宣言されたが、これは日本の支配をごまかすヴェールに

すぎなかった。中国はまた、旅順港をふくむ遼東半島、台湾、および若干のほかの諸島の割譲を迫られた。（一七〇ページ）

ついで日露戦争における日本の勝利について。

日本のロシアにたいする勝利がどれほどアジアの諸国民をよろこばせ、こおどりさせたかを、われわれはみた。ところが、その直後の成果は、少数の侵略的帝国主義諸国のグループに、もう一国をつけくわえたというにすぎなかった。そのにがい結果を、まず最初になめたのは、朝鮮であった。日本の勃興は、朝鮮の没落を意味した。……

（同右、一八一ページ）

『坂の上の雲』は、この「日本の勃興・朝鮮の没落」の時期を書いた作品です。では日本が制圧の対象とした朝鮮を司馬はどう書いたのでしょうか。

## 4　『坂の上の雲』にみる朝鮮論――三つの論点

### ❖朝鮮の地理的位置論

第一は、「朝鮮の地理的位置論」です。

日本が朝鮮に勢力を広げる上で、大きな一歩となった日清戦争（一八九四＝明治二七～九五＝二八年）の原因を論じたところで、こう書いています。

そろそろ、戦争の原因にふれねばならない。

原因は、朝鮮にある。

といっても、韓国や韓国人に罪があるのではなく、罪があるとすれば、朝鮮半島という地理的存在にある。（文春文庫〈二〉四五ページ）

朝鮮でなにが起ころうと、なにを起こそうと、だれの責任でもない、それは朝鮮の地理的位置にある、北からは大国である清国やロシアの、そして南からは日本の圧力をうける「朝鮮半島」という自然の位置が罪作りの原因なんだ、というのです。

民族や国家の特質を、主として地理的空間や条件から説明しようとする「学問的主張」です。ナチス・ドイツの領土拡張を正当化するのにも利用された、世に「地政学」といわれる見方です。

朝鮮を、清国やロシアと日本の間にはさまれている〈地理的空間〉としてだけ見て、それがあたかも日清戦争の原因でもあるかのようにいうのです。そして、こう書きます。

清国が（朝鮮を属国視して）宗主権を主張している……ロシア帝国はすでにシベリアをその手におさめ、沿海州《えんかいしゅう》、満州をその制圧下におこうとしており、その余勢を駆ってすでに朝鮮にまでおよぼうといういきおいを示している。……（日本は）朝鮮を領有しようということより、朝鮮を他の強国にとられた場合、日本の防衛は成立しないということであった。

……ともかくも、この戦争（日清戦争）は清国や朝鮮を領有しようとしておこしたものではなく、多分に受け身であった。

「朝鮮の自主性をみとめ、これを完全独立国にせよ」

というのが、日本の清国そのほかの関係諸国に対するいいぶんであり、これを多年、ひとつ念仏のようにいいつづけてきた。（同右、四六ページ）

日本軍艦による朝鮮に対する武力挑発事件であった江華島事件（一八七五＝明治八年。それについては、あとでふれますが、詳しくは中塚明『現代日本の歴史認識』高文研、二〇〇七年を参照してください）の翌年、日本は朝鮮に対して一方的な不平等条約である「修好条規」を結ばせました。

その第一条に、「朝鮮は自主の邦《くに》にして……」とあります。清国の朝鮮属国視を認めないぞ！　という日本政府の意志をふくめた条項でした。この条項は日清戦争のとき開戦の口実に使われることにもなります。

### ❖朝鮮無能力論

司馬の朝鮮論、第二の論点は、「朝鮮無能力論」です。
こうした清国やロシアの動きに、日本は念仏のように「朝鮮の独立」を言い続けたのに、

韓国自身、どうにもならない。

李王朝はすでに五百年もつづいており、その秩序は老化しきっているため、韓国自身の意思と力でみずからの運命をきりひらく能力は皆無といってよかった。（同右、四七ページ）

この『坂の上の雲』の文章は、先にも紹介したように『韓のくに紀行』の韓国旅行の感想を〝理論化〟した『歴史の中の日本』の次の記述、

さらに競争の原理を内部的にもたない当時の中国・朝鮮式体制にあっては、その体制の外観は堂々とはしているものの、それがいかに腐敗して朽木同然になっても、みずからの内部勢力によって倒れることがない。外国の侵略という不幸な外圧によってようやく倒れるわけであり、言葉をかえていえば、体制内における薩長的存在という

ものをみとめないために、他から倒されるほかない。（七三ページ）

とぴったり符号します。『坂の上の雲』での司馬の主張をバックアップするために設定されたのかどうかは知りませんが、ともかく小説が『サンケイ新聞』に連載される一方で、「街道をゆく──韓のくに紀行」が『週刊朝日』に連載されひろめられました。両々あいまって、「司馬史観」が日本にびまんするのに貢献したのです。

## ❖帝国主義時代の宿命論

さらに司馬は第三に、この「時代の国家自立の本質」、わかりやすくいいかえると「帝国主義時代の宿命」ということをいいます。

十九世紀からこの時代にかけて、世界の国家や地域は、他国の植民地になるか、それがいやならば産業を興して軍事力をもち、帝国主義国の仲間入りするか、その二通りの道しかなかった。後世の人が幻想して侵さず侵されず、人類の平和のみを国是とする国こそ当時のあるべき姿とし、その幻想国家の架空の基準を当時の国家と国際社会に割りこませて国家のありかたの正邪をきめるというのは、歴史は粘土細工の粘土にすぎなくなる。世界の段階は、すでにそうである。日本は維新によって自立の道を選んでしまった以上、すでにそのときから他国（朝鮮）の迷惑の上においておのれの国の自立をたもたねばならなかった。

日本は、その歴史的段階として朝鮮を固執しなければならない。もしこれをすてれば、朝鮮どころか日本そのものもロシアに併呑されてしまうおそれがある。この時代の国家自立の本質とは、こういうものであった。（文春文庫〈三〉一六三〜一六四ページ）

つまり、日本が明治維新で自立の道を選択した時、朝鮮の運命はその「地理的位置」と「主体的無能力」によって日本に従属し、その支配下に置かれることは決まっていた、というのが司馬遼太郎の朝鮮論の骨子なのです。これは、日露戦争を前後して、日本が朝鮮を植民地として支配しようとしたとき、さかんにふりまかれた朝鮮停滞論、朝鮮落伍論と少しもかわらない主張です。こういう主張が日本による朝鮮支配正当化の議論に通じることは、いうまでもありません。

## ❖司馬遼太郎の「朝鮮論」のからくり＝『坂の上の雲』の仕掛け

いま朝鮮半島には二つの国があります。南には大韓民国、北には朝鮮民主主義人民共和国。もともとは一つの国でした。旧石器時代以来の長い歴史を持っています。

古代の話はひとまずおきますが、日本で平将門《たいらのまさかど》が活躍していた時代、一〇世紀のはじめに高麗王朝が朝鮮半島に統一国家をつくりあげました。ヨーロッパでは、ずっとあと、近代に国民国家となったフランスやドイツ、その他の諸国家もまだその国境すら定まっていない時代です。

そのころから、朝鮮半島には、この高麗王朝以後だけでも一〇〇〇年の統一された領域と歴史と文化を持ち、一二〇〇万人以上の人間が住む国があったのです。

その朝鮮に対して、『坂の上の雲』で司馬遼太郎の描いたイメージは？　「日本が明治維新で自立の道を選択した時、朝鮮の運命はその「地理的位置」と「主体的無能力」によって日本に従属し、その支配下に置かれることは決まっていた」というのです。ずいぶん乱暴な話ではありませんか。

「司馬遼太郎の歴史観」をいうときに、この彼の「朝鮮論」は注目にあたいするものです。それは歴史の事実から読者の目をそらせる巧妙な「からくり」であると私は考えます。

なぜ、「からくり」なのか？

この司馬遼太郎の「朝鮮論」にしたがえば、明治以後、

①日本が朝鮮になにをしたのかを語る必要はない。

②朝鮮では、どんな動きがあったのか、それにも頭をわずらわせる必要はない。

――ということになるからです。

歴史小説を書く際の歴史の「事実」について、司馬はこう書いています。

　本来からいえば、事実というのは、作家にとってその真実に到着するための刺戟剤であるにすぎないのだが、しかし「坂の上の雲」にかぎってはそうではなく、事実関係に誤りがあってはどうにもならず、それだけに、ときに泥沼に足をとられてしまったような苦しみを覚えた。（「付・首山堡と落合」文春文庫〈八〉三五〇ページ）

『坂の上の雲』では、一生懸命、事実関係をしらべた、事実関係にあやまりがあってはどうにもならないので、苦闘して事実を調べた――と司馬はいうのです。

しかし、首山堡《ぽ》のたたかい（中国遼寧省、遼陽の南方に首山という山があり、遼陽に対する戦術的要地です。日露戦争のとき、ロシア軍はここに堅固な堡塁＝とりでをきずいていて、首山の攻防は大激戦となりました。この戦闘を日本軍は首山堡のたたかいと呼びました）など、戦闘場面についてある程度の考証はしたのかもしれませんが、日本が明治のはじめから、そして日清戦争、日露戦争で、朝鮮にどんなことをしたのか、肝心の勘どころの重要なポイントになるような事実については、なにも書かないのです。

また、その日本がしたことに対して、朝鮮の民衆がどうしたのか、あるいは国王や王妃をはじめ朝鮮の宮廷のなかではなにがおこっていたのか、こういうことにはいっさいふれないのです。ふれたとしても、事実関係の究明に苦闘したとはとても考えられないずさんさでしか、書かれないのです。そして、なぜ書かないのか、書く必要がないのか、その答弁が先の「朝鮮論」で述べられているというわけです。

秋山好古《よしふる》、秋山真之《さねゆき》、そして正岡子規《まさおかしき》、三人の主人公をとおして明治を書くというのが『坂の上の雲』の主題だということは、私も承知しています。しかし「日本の勃興・朝鮮の没落」のこの時代を書くのに、このような『坂の上の雲』の仕掛けは、いまにどんな結果をひきずることになるのか、よくよく考えてみなければなりません。

# Ⅲ

# 「近代の朝鮮」を書かないで「明治の日本」を語れるか

## 1　日露戦争後に日本陸軍は変質したという司馬の説

### ❖「近代朝鮮」黙殺の仕掛け

司馬遼太郎は、李朝末期の朝鮮を論じて、「競争の原理を内部的にもたない、……それがいかに腐敗して朽木同然になっても、みずからの内部勢力によって倒れることがない。……他から倒されるほかない」と言っていることは前章で見た通りです。

朝鮮を「内部からの変化は期待できない、他から倒されるほかない」と断定してしまえば、朝鮮の民衆や、あるいは国王や王妃など宮廷の人びと、また政治家たちがどうだったかということは、なにも述べる必要はないのです。また、朝鮮の内部にどんな変革の芽があらわれたとしても、そんなことは視野にも入らないでしょう。

しかも、この筆法でいくと、あとで見るように、明治以後の日本が朝鮮になにをし、日本のしたことが、朝鮮の近代化にどんな影響を与えたとしても、そんなことも書かなくてよいことになります。まして、日本が朝鮮の社会的混乱を助長したり、朝鮮の社会に変化の芽があらわれたのを日本が摘《つ》みとったりしたとしても、そんなことも書かなくてすませることができます。

こういう筆法が、司馬遼太郎の「朝鮮論」の「からくり」であり、『坂の上の雲』の「仕掛け」なのだ、と私は考えています。

しかし、客観的な事実として、「日本の勃興」と「朝鮮の没落」は同時進行でした。朝鮮のこと、とりわけ日本が朝鮮にしたことを視野にいれず、まともに書かないで、「明治の日本」を語ることができるのでしょうか。

司馬遼太郎は「明治栄光論」の主唱者です。「朝鮮の没落」に大きく作用した「明治の日本」をいったいどう書いたのでしょうか、朝鮮とのかかわりを書かないで「明治の日本」を書けるのか、そこで書かれる「明治栄光論」とはどんなものなのか。——私はここに「司馬遼太郎の歴史観」を問うもっとも基本的な論点があると考えています。

## ❖司馬の参謀本部編『日露戦史』批判

司馬遼太郎は、明治以後の日本は、日露戦争に勝ってからおかしくなった、といっていることは、すでに第I章でふれておきました。

そして日露戦争後、日本陸軍は変質して別の集団になったと、つぎのように述べています。

この日露戦争の勝利後、日本陸軍はたしかに変質し、別の集団になったとしか思えないが、その戦後の最初の愚行は、官修の「日露戦史」においてすべて都合のわるいことは隠蔽したことである。参謀本部編「日露戦史」十巻は量的にはぼう大な書物である。戦後すぐ委員会が設けられ、大正三年をもって終了したものだが、それだけのエネルギーをつかったものとしては各巻につけられている多数の地図をのぞいては、ほとんど書物としての価値をもたない。作戦についての価値判断がほとんどなされておらず、それを回避しぬいて平板な平面叙述のみにおわってしまっている。その理由は、戦後の論功行賞にあった。伊地知《いじち》幸介にさえ男爵をあたえるという戦勝国特有の総花式のそれをやったため、官修戦史において作戦の当否や価値論評をおこなうわけにゆかなくなったのである。(中略)

これによって国民は何事も知らされず、むしろ日本が神秘的な強国であるということを教えられるのみであり、小学校教育によってそのように信じさせられた世代が、やがては昭和陸軍の幹部になり、日露戦争当時の軍人とはまるでちがった質の人間群というか、ともかく狂暴としか言いようのない自己肥大の集団をつくって昭和日本の運命をとほうもない方角へひきずってゆくのである。（文春文庫〈八〉三二四～三二五ページ）

日露戦争後の日本陸軍の愚行の最初は、参謀本部の『日露戦史』の編纂だった、軍人に対して総花式に爵位や勲章を与えるために作戦の価値判断の論評を書けず、「これによって国民は何事も知らされず、むしろ日本が神秘的な強国であるということを教えられるのみであり、小学校教育によってそのように信じさせられた世代が……昭和日本の運命をとほうもない方角へひきずって」いった――のだというのです。

参謀本部編纂の『日露戦史』に対する司馬遼太郎の非難はくりかえしのべられていますが、これだけにとどめておきましょう。

問題は、はたして戦史の偽造は『日露戦史』ではじめておこなわれ、それまでは日本人は戦争のありのままを伝えられていたのか、ということがあります。また、戦史をつまらなくさせたのは、「論功行賞」のためだけだったのでしょうか。

### ❖司馬の説くまぼろしの戦史編纂論

司馬遼太郎は、戦史編纂について、つぎのようにも言っています。

> その戦争を遂行した陸軍当局が、みずから戦史を編纂するということほどばかげたことはない。たとえば第二次世界大戦が終わったとき、アメリカの国防総省は戦史編纂をみずからやらず、その大仕事を歴史家たちに委嘱した。一つの時代を背景とした国家行動を客観的に見る能力は独立性をもった歴史家たちの機構以外には期待できないのである。また英国の場合は、政府関係のあらゆる文書は三十年を経ると一般に公開するという習慣をもっている。その文書類を基礎に、あらゆる分野の歴史家が自分の研究に役立ててゆく。アメリカもイギリスも、国家的行動に関するあらゆる証拠文書を一機関の私物にせず国民の公有のもの、もしくは後世に対し批判材料としてさらけ出してしまうあたりに、国家が国民のものであるという重大な前提が存在すること

を感ずる。
　日本の場合は明治維新によって国民国家の祖型が成立した。その後三十余年後におこなわれた日露戦争は、日本史の過去やその後のいかなる時代にも見られないところの国民戦争として遂行された。勝利の原因の最大の要因はそのあたりにあるにちがいないが、しかしその戦勝はかならずしも国家の質的部分に良質の結果をもたらさず、たとえば軍部は公的であるべきその戦史をなんの罪悪感もなく私有するという態度を平然ととった。もしこのぼう大な国費を投じて編纂された官修戦史が、国民とその子孫たちへの冷厳な報告書として編まれていたならば、昭和前期の日本の滑稽すぎるほどの神秘的国家観や、あるいはそこから発想されて瀆武《とくぶ》の行為をくりかえし、結局は日本とアジアに十五年戦争の不幸をもたらしたというようなその後の歴史はいますこし違ったものになっていたにちがいない。（文春文庫〈八〉三四四〜三四五ページ）
　長い引用でしたが、ここには司馬遼太郎の戦史論が集約的にのべられています。傍線は私（中塚）がつけたものです。日本という国の歴史的な状況を度外視しての一般論としては、この傍線部分の司馬の主張に私は賛成です。

しかし、天皇の専制統治体制、天皇と軍部は直接の上下関係にあり、参謀本部は、議会はもちろん内閣からもなんの指図も干渉も受けない、そういう大日本帝国憲法下の日本の政治・軍事制度のもとでは、司馬のこの議論は成り立ちません。国家の最高機密とされている戦争の情報、軍事情報を記録する戦史の編纂を、民間の学者に任せるようなことを、天皇が絶対の時代の日本で可能なはずはありません。

## 2　司馬遼太郎の主張は成り立つか——日清戦争をふりかえって検証する

### ❖司馬が書かなかった日清戦争の三つのキイ

では、明治以後の日本の歴史の事実に照らして、日本の「痴呆化」は日露戦争後から始まったという司馬遼太郎の主張は、はたして成り立つのか、どうか。

私は、戦史の編纂だけではなく、少なくとも日本がかかわった戦争はもちろん、戦争にならずとも武力を行使した事件について、「日露戦争後」からではなく、明治のはじめから、点検しなおしてみることが必要だと考えています。それはひとり陸軍についてだけではなく、日本国家の総体についていえることです。

ここでは、さしあたって日露戦争の一〇年前、日本が清朝中国と戦争をした日清戦争についてふりかえってみることにします。

司馬遼太郎は、日露戦争後、日本はおかしくなった、日本陸軍は変質した、それは勲章や爵位をやるために戦史をまともに書けなかったことにもあらわれている——というのですが、日清戦争のとき、日本がおこなった行動のなかに、のちのち日本が暴走していくその萌芽があらわれていなかったのかどうか、それを点検してみます。

日清戦争で、日本は朝鮮から清国（中国）の勢力を排除しました。日清講和条約（下関条約）第一条は「清国は朝鮮国の完全無欠なる独立自主の国たることを確認す」とあります。それまで朝鮮国王は中国皇帝の認証によって地位を保証されるという宗属《そうぞく》関係のもとにおかれていたのですが、その「宗主権」を主張していた清国は日本に敗れて朝鮮から撤退せざるを得なくなったのです。

しかし、日本と清朝中国との戦争だけであったのではありません。「日本の勃興」・「朝鮮の没落」に決定的な一歩を進めたのが日清戦争です。この戦争で、日本は朝鮮にどんなことをしたのか、そのことを書かなければ、日清戦争を書いたことにはなりません。

日清戦争とは日本人にとってどんな戦争だったのか、また朝鮮人はこの戦争でどんな目にあったのか、そのことを考えたとき、この日清戦争をめぐって起こった、つぎにのべる三つのことがらは、結び合った鎖のように不可分であると私は思っています。そしてそこにはその後の日本に起こるさまざまな問題の萌芽がすでに明瞭にあらわれているのです。

司馬遼太郎も含めていまに至るまで、日本人はほとんど知らないことですが（司馬遼太郎は知っていても、書かなかったのかもしれませんが）、日清戦争はもとより、その後の日本の歴史の展開を考える上で、もっといえば、現在における日本と韓国・朝鮮の問題、北東アジアにおける日本の対外的選択の問題にまで、関係してくる重要な問題を含んでいると思いますので、すでに私の著書で書いたことであっても、必要な限りくりかえしここでも書いておきたいと思います。

いずれも、歴史の真実を解き明かす鍵となる事件ですので、ここでは「キイ」と表現します。

## ■第一のキイ――朝鮮王宮占領

司馬遼太郎は『坂の上の雲』で、日清戦争は「清国や朝鮮を領有しようとしておこしたものではなく、多分に受け身であった。「朝鮮の自主性をみとめ、これを完全独立国にせよ」というのが、日本の清国そのほか関係諸国に対するいいぶんであり、これを多年、ひとつ念仏のようにいいつづけてきた。日本は朝鮮半島が他の大国の属領になってしまうことをおそれた。そうなれば、玄界灘《げんかいなだ》をへだてるだけで日本は他の帝国主義勢力と隣接せざるをえなくなる」（文春文庫〈二〉四六ページ）と書いています。

日本は、朝鮮を領有しようという意図などはなかったのだ、「朝鮮の独立」を守るためにたたかったのだ、というのです。日清戦争当時、宣戦の詔勅をはじめ日本政府が内外に公言した戦争目的と同じことを司馬遼太郎もいっています。

日清戦争での日本軍の第一撃は一八九四（明治二七）年七月二五日、朝鮮の仁川《インチヨン》沖合で清国海軍と交戦した、豊島《ブンド》沖の海戦からというのが日本人の常識です。そしてその日、

「浪速」の艦長東郷平八郎（日露戦争のときの日本連合艦隊司令長官）が、清国兵を満載したイギリスの商船を撃沈したが、それは十分に国際法にかなった行為であった――というのが日清戦争のはじめに出てくる話です。

## ❖なんのための王宮占領だったのか

ところが、日清戦争のとき日本軍の実弾発射第一撃は、なんと！　朝鮮の首都、ソウルの王宮に対してでした。日本軍によるソウルの景福宮《キョンボックン》の占領から日清戦争は始まったのです。日本軍は清国軍と砲火を交える前に、朝鮮の王宮を占領し、国王を事実上、擒《とりこ》にしたのです。豊島沖海戦の二日前、七月二三日の未明のことでした。

宣戦布告もしていない朝鮮、しかも「独立を守る」といっているその当の朝鮮の王宮を占領して、国王をとりこにするなんて！　どうして？　と思われるでしょう。

理由は、「独立を守る」だけでは十分に清国と戦う名分が立たない、「清国軍を朝鮮から追い出してくれ」という朝鮮国王の公式文書を手に入れることによって、日本軍が清国軍を攻撃するたてまえを手に入れる、しかし朝鮮国王が同調するはずがない、それなら手荒なやり方ではあるが、王宮を占領して、しぶる国王を事実上捕虜にしてでも、清国軍攻撃の「公式の要請文」を入手する。同時に、日本軍がソウルから南下して清国軍と戦っている間、ソウルの安全を確保するために、ソウル城内の朝鮮軍施設を全部占領し、城内から朝鮮兵を一掃する、また朝鮮政府の命令で朝鮮人人馬の徴発をしやすくする――そんなことが目的でおこなわれたのがこの朝鮮王宮占領とソウルの完全制圧です。

## ❖計画したのは誰か

ではこの事件は誰が計画したのか。朝鮮をめぐって日本が清国と戦争するとき、ソウルをいち早く占領下に置くことは、戦略的に重要なことでした。日本軍の中枢部では、かなり前からその計画がねられた形跡がありますが、詳細はまだこれからの研究に待たなければなりません。

ここでは、現在、わかっている限りのことを述べます。この王宮占領を直接的に発議したのは、軍よりも外交畑の方からであったと見られます。朝鮮駐在の日本公使（いまでいえば大使）であった大鳥圭介とときの外務大臣であった陸奥宗光《むつむねみつ》、それに伊藤博文総理大臣も了解し、もちろん参謀本部などとの意思の疎通があって計画されたものと考えられます。

陸奥宗光が日清戦争のあと、この戦争での自分の外交指導を書きとめた有名な著作に『蹇蹇録《けんけんろく》』があります（現在、岩波文庫）。その「第十章　牙山《アサン》および豊島の戦闘」の冒頭に、「征清の役（日清戦争のこと―中塚）、海陸大小の戦闘、その数甚だ多し。独り牙山の戦のみ外交これが先駆となり戦端啓《ひらか》れ、……」と書きました。日清戦争では海・陸にたくさんの戦闘があったが、最初の陸上の戦いとなった牙山での清国軍との戦闘は、「この戦闘をひきおこすきっかけをつくったのは外交なんだ」と書いているのです。

どういうことかと言いますと、朝鮮南部の農民蜂起（日本では「東学党の乱」として知られています。その呼び方もふくめて、またあとで書くとして、ここでは地方の悪徳役人のひどい搾取に反抗して武装蜂起した東学農民軍としておきます）、そして東学農民軍が政府軍を圧倒する勢いになり、清国政府を代表して朝鮮に駐在していた袁世凱《えんせいがい》らが朝鮮政府に清国軍の出兵を求めるよう圧力をかけ、その結果、朝鮮政府の要請という形で東学農民軍を鎮圧するのに清国軍が出兵してくる、それに対抗して、日本も陸軍を朝鮮に出兵します。六月のはじめのことでした。しかし、日清両軍の出兵を見た東学農民軍は政府軍と和睦、農民蜂起は鎮静化して日・清両国は出兵の口実を失います。

それ以来日本政府は、開戦の口実をもとめてさまざまに苦労することになります。陸奥外相は当初から「清韓宗属《そうぞく》関係」（清国が朝鮮を属国あつかいにしている。清国は今回の出兵も「属邦を保護する」ためといっている）、これは日本と朝鮮が結んだ一八七六（明治九）年の修好条規（江華条約）で「朝鮮は自主の邦《くに》である」と規定しているのに違反する行為だ、だからこれを開戦の口実にしようと考えていました。

しかし、いざとなってみるとこんなことを開戦の口実にはできない、「清韓宗属関係」は大昔から続いていることで、それをいまさら開戦の口実にしては、この地域で戦争が起こることを好んでいない欧米の国々を納得させることはできない、と伊藤博文首相は考えていて賛成しませんでした。天皇の周辺やまた有力政治家の間でも、開戦の大義名分がないではないか、という疑問の声が絶えませんでした。

### ❖朝鮮政府をおどす

この機会に清国と一戦を交えて、朝鮮から清朝中国の勢力を排除したいとは期待しながら、その戦争の口実がなかなか見つからない。そのうちにイギリス・ロシアが戦争をさせないように日本に干渉してくる――という状況が起きます。その干渉を「日本は朝鮮に領土的な野心はない」などといってかわしつつ、一方、イギリスとの条約改正交渉では妥協を重ねてその調印に持ち込みます（一八九四年七月二六日）。

そしてたとえ開戦してもイギリスの干渉はないだろうと確信して、いよいよ開戦にうって出ようとするのが七月の中旬です。しかし、どうしても開戦の「大義名分」を手に入れたい、そこで朝鮮駐在公使大鳥圭介と陸奥外相らが気脈を通じて、伊藤首相の承認もえて、考え出されたのが、朝鮮政府に向かって難題をふっかけるやり方でした。

「日本と朝鮮は「修好条規」第一条で「朝鮮国ハ自主ノ邦ニシテ……」と約束したではないか、それなのにいま「属邦を保護する」といって清国軍が牙山に上陸しているのはどういうわけだ、修好条規違反ではないか、清国軍を朝鮮の国外に追い出せ」と朝鮮政府に迫ったのです。

しかし、そんなことを朝鮮政府ができるはずがありません。言を左右にしてまともに返事をしない、そうすると「朝鮮政府にできないのなら、日本軍がかわって追い出すから、日本政府に朝鮮国王から清国軍を朝鮮国境外に駆逐してほしい旨の公式の要請文を出せ」ということにしたのです。

どうしても清朝中国との開戦の「名分」を手に入れたかったのです。しかし、そんな要請がすんなり実現するとは陸奥外相も大鳥圭介も考えていません。実力で王宮を占領し、国王を擒《とりこ》にしてでも手に入れる、そのために陸奥宗光は電報で指示するだけではなく、わざわざ外務省から参事官の本野一郎を朝鮮に派遣して、七月二〇日、ソウル城外の龍山《ヨンサン》に駐屯していた日本軍混成旅団司令部に行かせ、直接、大島義昌混成旅団長に王宮占領についてて話をもちかけ、旅団長に承諾させたのです。

そして混成旅団で王宮ならびにソウル城内占領の詳細な作戦計画がつくられ、それにもとづいて実行されたのがこの王宮占領だったのです。

その結果、七月二三日に日付がかわる直後の真夜中から行動をおこし、未明には王宮、景福宮占領がおこなわれ、朝鮮国王は事実上、日本軍の擒にされてしまいました。

しかし、王宮を占領しても清国軍を朝鮮の国境から追い出してくれという、国王からの正式の文書がだされたかどうか、定かではありません。外交文書にも残っていません（原田敬一『日清戦争』吉川弘文館、二〇〇八年、八一ページ）。王宮を日本軍の占領下において、あとは強引に思うままに日本が行動したということでしょう。

## ❖大島公使は公電でどう伝えてきたか

したがって、在朝鮮の日本公使館でも、また朝鮮に出兵していた日本軍でも（当然、日本の外務省も大本営でもおなじですが）、こんな王宮占領の顛末《てんまつ》ははじめから公表できないことだと考えて行動していました。

その証拠をあげましょう。

王宮占領当日午後五時発信の大鳥公使から陸奥外務大臣にあてた公電です。「王宮ヲ囲ミシ際ノ情況報告ノ件」（『日本外交文書』第二七巻第一冊、四二一号文書）では、こう書いていました。

……龍山ノ兵ハ午前四時頃入京シ王宮ノ後《うしろ》ニ当ル丘ニ駐陣スル為メ南門ヨリ王宮ニ沿ヒテ進ミタルニ、王宮護衛兵及ヒ《び》街頭ニ配置シアルトコロノ多数ノ兵士ハ我兵ニ向テ発砲セリ。依《より》テ我兵ヲシテ余儀無ク之《これ》ニ応シ《じ》テ発砲シ、王宮ニ入リ之ヲ守衛セシムルニ至リ……

龍山はいまではソウル市内ですが、当時は城壁に囲まれていた漢城《ハンソン》（ソウル）の城外です。大鳥公使の電報を解説しておきますと、次のようになります。

龍山に駐屯していた日本軍が朝四時ごろに王城内にはいり、王宮の後ろにある丘に陣地をきずくために南門（南大門か）から王宮に沿って進んでいると、王宮を守っている朝鮮兵や王宮近くに配置されている多数の朝鮮兵が、日本軍に向かって発砲してきた。それでわが軍はよぎなく応戦して、王宮にはいって王宮を守らせることになった……

### ❖参謀本部の公刊戦史はどう書いているか

日本陸軍の参謀本部が公刊した日清戦争の戦史として、『明治廿七八年日清戦史』（八巻および付図）があります。以下、《日清公刊戦史》といいます。そこでは、この事件は大鳥公使の公電とほぼ同じ趣旨で書かれています。（常用漢字に改めやさしい文章に直し、なるべく簡単にして紹介します。）

……大鳥公使は、朝鮮政府が日本の改革要求をなかなか受け入れないだけでなく、国王もだんだん強硬になってきて日本の要求を拒否しようとしている。一般の朝鮮人も清国軍が増発されてまもなくソウルに入ってくるといううわさで日本に対して思い上がった態度に出るようになり、容易でない事態になってきた。そこで龍山にとどまっている日本軍の一部をソウルに入京させるようもとめてきた。

それで、旅団長は歩兵第二一連隊第二大隊および工兵一小隊を王宮の北方山地に移動させようとした。朝鮮人民が騒ぐのを避けるために、わざわざ二三日の夜明け前に移動部隊をソウルに入れ、王宮の東側を通過していると、王宮を守備していた朝鮮兵やその付近にたむろしていた朝鮮兵が、突然日本兵に向かって銃撃してきた。われわれもにわかに応戦防御し、なおこの規律のない朝鮮兵を駆逐しソウル城外に退かさなければいつなんどきどんな事変をふたたび起こすとも限らないので、ついに王宮にはいり、朝鮮兵の射撃をものともせず朝鮮兵を北方の城外に追っ払い、一時朝鮮兵に代わって王宮のまわりを守備した。

やがて山口大隊長は国王が雍和門《ようわもん》のなかにいるとの報告を得て、部下が銃を撃つのを制止し国王の御殿に向かっていった。ところが門のなかには多数の朝鮮兵士がむらがりざわめいているので、朝鮮の役人に交渉して、朝鮮兵士の武装を解除し、武器を日本軍にひきわたさせた。そして国王にお目にかかり、日本軍と朝鮮兵が「不測ノ衝突」（思いがけない衝突）によって国王さまのお心を悩ませたことをお詫びし、国王をお守りし決して危害のないようにいたしますと申し上げた。

龍山に駐屯していた日本軍はこの知らせを聞いて王宮近くに入ってきたが、すでにことはおさまっていたので、一部の部隊にソウルの諸門を守らせ非常事態に対処させ、他の部隊は帰らせた。午前一一時大院君（国王の実父　李昰応）が王宮にやってきて、さらに大島公使、朝鮮政府の諸大臣、各国の公使などが前後して王宮に入った。この日午後大島公使は朝鮮政府のもとめに応じて、王宮の守備を山口少佐のひきいる部隊に任せた。午後五時に大島混成旅団長は幹部をしたがえ騎兵中隊に守られて、国王にお会いして国王をお慰めした。（《日清公刊戦史》第一巻、一九〇四年三月一七日発行、一一九〜一二〇ページ、参照）

突発的な衝突からはじまり、日本軍はやむを得ず応戦、王宮に入って国王を保護した、というのが、日本政府・軍の公式説明です。さきに紹介した事件直後の大島公使の電報と基本的にはおなじです。

日清戦争当時の新聞報道や町にながれた戦闘の情報や流布した戦記のたぐいも、ほとんどこれと同じか、これを潤色したものでした。

### ❖ところが……公使の公電も公刊戦史もみなウソでした

中国の古典に、「天網恢恢疎而不失」（てんもうかいかいそにしてうしなわず）、あるいは「天網恢恢疎而不漏」（てんもうかいかいそにしてもらさず）という言葉があります。

天が悪人を捕らえるために張る網は、広くて大きく網の目は粗っぽいが、結局、とりにがすことはない。善はかならず栄え、悪はかならずほろびる。転じて、自然の制裁、天罰を表す言葉です。

あとで言いますが、日本政府を代表している朝鮮駐在の公使がウソの電報をうち、参謀本部が事実をウソの話に書きかえて、《日清公刊戦史》を世に出すのですが、その改竄《かいざん》される前に、参謀本部で書かれた事実にもとづいた詳細な戦史の草案が見つかったのです。

日清戦争からちょうど一〇〇年目の一九九四（平成六）年、私は友人から、福島県立図書館に日清戦史の草案があるということを聞いて、福島に行きました。福島県立図書館には郡山市の実業家で佐藤傳吉という人が集めた日清戦争・日露戦争関係のぼう大な書物・資料があり、「佐藤文庫」として公開され立派な目録も出ています。

その佐藤文庫に、本来は参謀本部に所蔵され、一九四五（昭和二〇）年の敗戦までは、国家・軍の秘密書類扱いであったにちがいない、日清戦争の戦史の草案が四二冊ありました。どういう経過で佐藤傳吉さんが手にいれたのか、すでに故人となられているのでわからないのですが、おそらく敗戦のどさくさに参謀本部に関係ある人物から古書店に流れて、それを佐藤傳吉さんが入手したのではないかと推察されます。

全部で一六八冊あったはずの草案のうち四二冊が、とにかくいま福島県立図書館にあるのに、私はであいました。

福島県立図書館に日清戦争の戦史の草案があることは、自衛隊の戦史の研究者や軍事史の専門家の間では知られていましたが、たんねんに中身まで読んだ人がいなかったのです。

## ❖ひょうたんから駒

私は日清戦争の、とくに開戦当時の日本軍の物資の補給の問題について調べるために、この「佐藤文庫」を見に行ったのです。というのは、私が『日清戦争の研究』（青木書店、一九六八年）を出したときから気になっていたことがあったからです。

それは、日清戦争での日清両軍の陸軍同士の最初の戦闘（一八九四年七月二九日、ソウルの南方、約八〇キロの成歓《ソンファン》の戦）の直前、七月二七日の早朝、成歓に向かっていた日本軍の前衛部隊、第二一連隊第三大隊の大隊長、陸軍少佐古志《こし》正綱が自殺するというショッキングな事件があったからです。公刊された戦史には、物資輸送のために苦労して集めた「人馬」が古志の率いる大隊の場合、「皆逃亡」してしまい、出発に支障が生じて、その責任をとって自殺した――と書いてありますが、草案があるなら、もっと詳しく自殺の事情もわかるのではないかという思いが、私を福島に行かせた大きな理由でした。

福島県立図書館職員の親切な案内で、地下の書庫で、現物を見せてもらって、戦史草案について内容を調べ始めました。

そうすると、開戦前後のことを詳細に書いた草案、とくに草案の決定版（罫線のある特別な原稿用紙に楷書で墨書されたものですが）とも見られるものに出会いました。

『明治二十七八年　日清戦史　第二冊　決定草案』

目次を見ますと

「第五篇　豊島ノ海戦及成歓ノ陸戦

第十一章　成歓会戦前ニ於ケル日本軍混成旅団ノ情況

附其朝鮮王宮ニ対スル威嚇的運動」

とこの決定草案の冒頭にあるではありませんか。「朝鮮王宮を囲む」などの表現は『日本外交文書』などで知っていましたが、「王宮ニ対スル威嚇的運動」というのははじめて出会う表現でした。「なんだ、これは?」と思って、さっそく目を通しますと、これが《日清公刊戦史》とは似ても似つかない、詳細な朝鮮王宮占領の記録であることがわかりました。

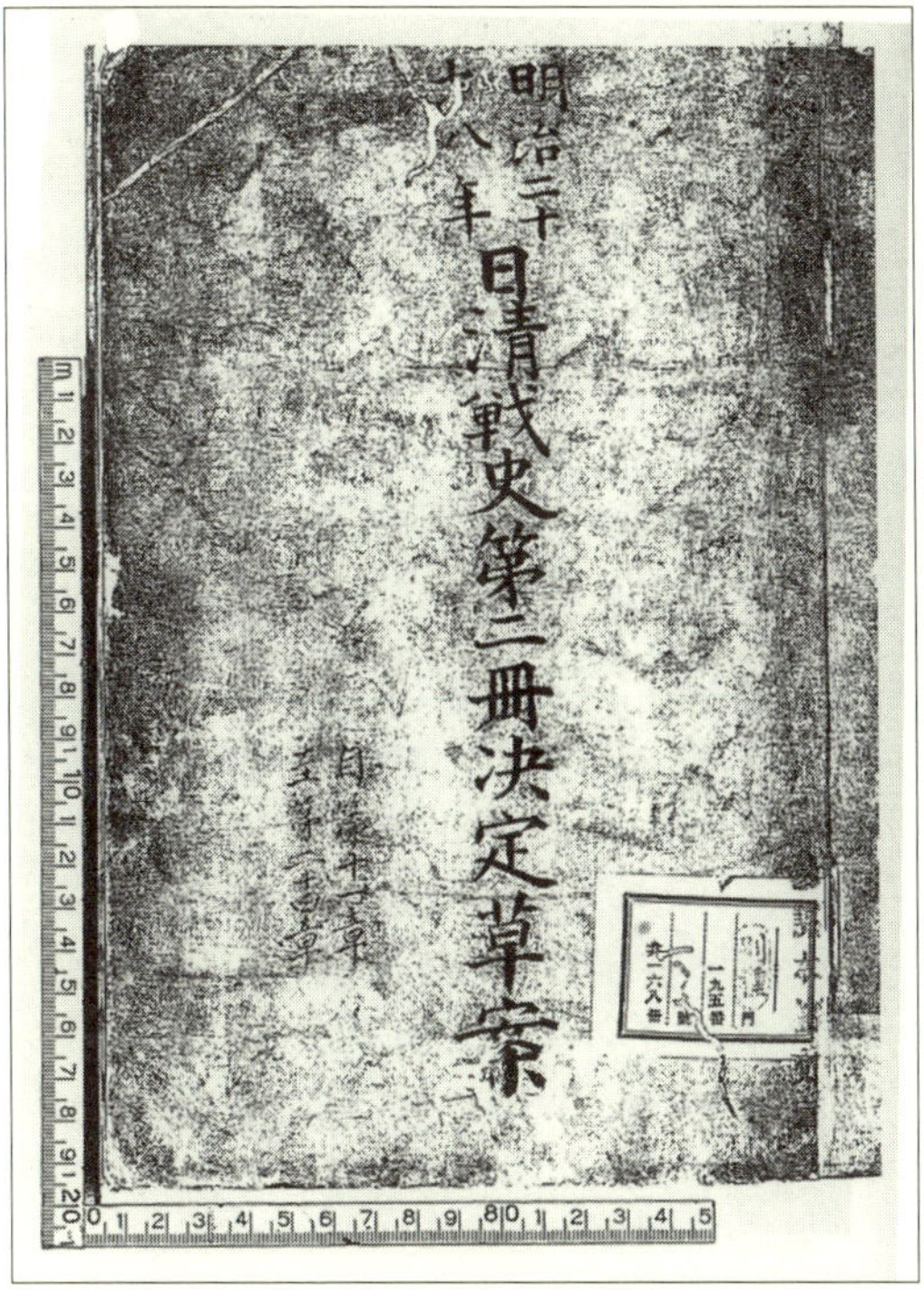

『明治二十七八年　日清戦史　第二冊　決定草案』の表紙（福島県立図書館「佐藤文庫」所蔵）

この史料の発見とその意味については、すでに小著『歴史の偽造をただす』（高文研、一九九七年）で詳細に書きましたので、興味のある方はその本をぜひお読みください。また草案の主要な部分は『日清戦史』から消えた朝鮮王宮占領事件」と題してみすず書房の雑誌『みすず』一九九四年六月号に紹介しておきました。これも参照してください。

この発見の意味を端的に言いますと、「参謀本部が事実を書きかえてウソの戦史につくりなおしたことを参謀本部の記録によって立証した」ことです。私の半世紀あまりにわたる研究生活でも、きわめて思い出深いできごとでした。

### ❖核心部隊の朝鮮王宮侵入

記述は詳細をきわめています。ここでは「朝鮮王宮ニ対スル威嚇的運動ノ実施」のはじめの部分、「核心部隊ノ動作」「武田中佐部下ノ一隊迎秋門《げいしゅうもん》ヲ破壊ス」の部分だけ、カタカナをひらがなにかえて、かつ読みやすく意訳もくわえて全文を紹介しておきましょう（原文は、前掲『みすず』で読むことができます）。

こんな興味ある記述が、日清・日露戦争の戦史として、日本人がだれでも読めるものとして公刊されていたなら、司馬遼太郎も日本の戦史を「愚書」としてくりかえしののしらなくてもすんだでしょう。また、日本人の日本軍を見る目、また朝鮮をどう見るか、日清戦争とはどんな戦争だったのか、ということについても、きっと違った見方が生まれたはずです。

朝鮮王宮に対する威嚇的運動の実施

七月二三日午前零時三十分、大島旅団長が大鳥公使からの電報を受けとると、すぐすべての部隊にむかって計画の実行を命じ、かつ一部の兵士を派遣してソウルと義州間、およびソウルと仁川間の電線を切断させた。日本軍の王宮突入のことが清国にはやく伝わるのを防ぐためである。そして大島旅団長は幕僚（旅団長を補佐する幹部）をひきいて王城内の日本公使館に移動した。

【核心部隊の動作】こうして諸部隊は予定のとおり出発し計画を実行した。今まず武田中佐がひきいた「動作の核心である一団（歩兵第二十一連隊第二大隊および工兵一小隊）」の行動から説明することにする。

武田中佐は、第六中隊に南大門より入京し、王宮東側の建春門にいたり内より開門するのを待たせるため、まず第六中隊をさきに出発させ、みずからは他の部隊をひきいて王宮西側の迎秋門より入る目的をもって西大門より入京した。ただし、いくつもある王宮の門が閉鎖されている場合には、はじめからこれを破壊して侵入する覚悟であって、そのため歩兵中尉河内信彦に第五中隊の二分隊をつけ、工兵（爆薬などの取

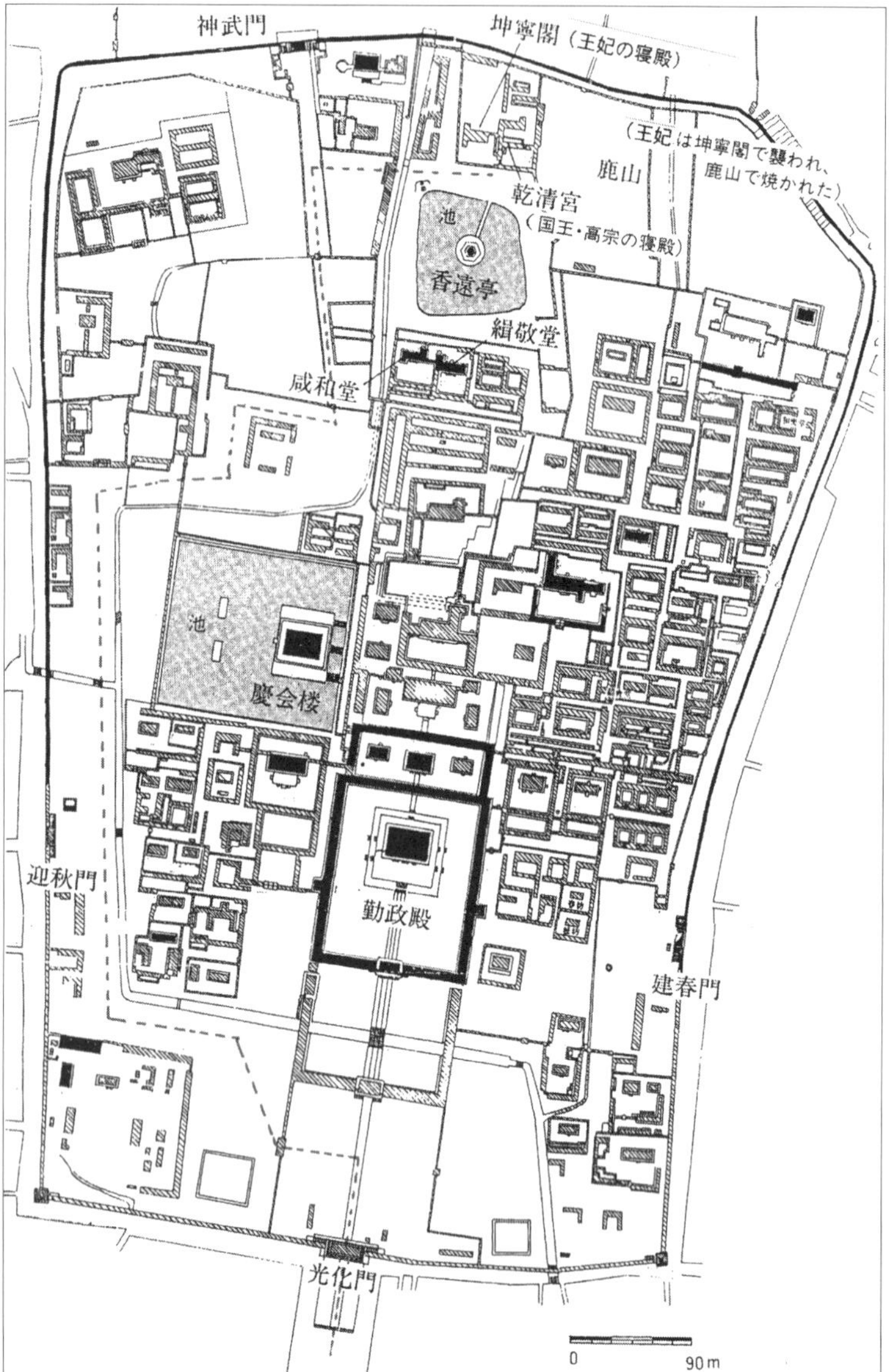


朝鮮王宮（景福宮）の見取り図。東西南北に門があるが、王宮占領をめざした日本軍は図の左側の迎秋門から入った（『ソウル特別市史　古蹟篇』所収の図より）。
なお、図下端の光化門から奥へ向かい、上・右端（北東端）の王妃の寝殿にいたる点線は、日本軍人と壮士の一団が王妃暗殺のためにたどった経路（当時のソウル領事・内田定槌の描いた図による。本書120ページ参照）。

迎秋門。この頑丈な門を破って入るのに、日本軍はさんざん苦労した。（撮影・福井理文）

り扱いに熟練している兵種）の小隊とともに、迎秋門を開門すること、開門したらその門を守備する任務をあたえ、この一団を先頭とし、つぎに第七中隊、第五中隊〔軍旗護衛〕の順序で行進した。（中略）

【武田中佐部下の一隊迎秋門を破壊す】こうして武田中佐の引率する一団は迎秋門に到着したが、門の扉はかたく閉ざされていて入ることができない。北方の金華門をしらべさせたが、これまた閉鎖されていた。それで迎秋門を破壊することに決め、工兵小隊は爆薬をしかけて門を破壊しようと試みたが爆薬の量が少なくて成功しない。再三やってみたが、門を壊すことができない。斧を用いて門の扉を壊そうとしたがこれも不可能だった。それで長桿《ちようかん》（長い棒）を王宮を囲んでいる塀に架け、雇いの通訳渡辺卯作がまず棒をよじ登って門内に入り、ついで河内中尉もまた棒にたよって塀をこえ、内部より扉を開けようとしたがこれもできない。ついに門の内と外でお互いにのこぎりを用いて門楗《かんぬき》を断ち切り、その後斧をもって門の扉を破り、かろうじて門を開けることができた。午前五時ごろだった。

迎秋門を破壊すると河内中尉の二分隊がまず突入してこれを守り、また第七、第五中隊が進入し、第七中隊は吶喊《とつかん》（ときの声をあげて突撃する）して直ちに正面の光化門に進み、守っていた朝鮮の兵士を追っ払い、これを占領し、内より開門した。そしてその一小隊はさらに東側の建春門に進み中から門を開けた（後略）

（この草案の記述が《日清公刊戦史》のようにウソの話に書きかえられるのはどうしてか、いつだれの指示で書きかえられたのかは、三つのキイの話の後で述べます。）

## ❖高圧・狡猾の手段も戦勝の歓声に埋もれて忘れ去られる

さて、朝鮮王宮占領の事実をかくして、ウソの話につくりかえられましたが、日本人にには、陸奥宗光外相が『蹇蹇録《けんけんろく》』で書いたように、日清戦争の緒戦の勝利のニュースが伝わってくるにつけ、「今は大鳥公使が使用したる高手的外交手段もその実効を奏し、……さきに強迫手段を以て韓廷を改革するの可否を説き、我が軍より先ず清軍を進撃する得失を陳じたる諸般の議論も、全国一般都鄙《とひ》到る処に旭旗《きよくき》（日の丸―中塚）を掲げ帝国の戦勝を祝する歓声沸くが如きの中に埋没せられ……」（『蹇蹇録』岩波文庫、一三七～三八ページ）てしまうのです。

陸奥宗光は『蹇蹇録』の草案では「朝鮮国王ヲ先ヅ我手内ノ擒《とりこ》トナサザルベカラズ」という議論が、政府や上層の支配者の間にあったことを記しています。日本は、朝鮮の国王を擒にして日清戦争をはじめた、そんな「高手的外交手段」「強迫手段」――陸奥はほかのところでは「狡獪《こうかい》手段」（ずるがしこい手段）とも書いています――そんなことをして大丈夫なのか、大義名分もなにもないじゃないか、と心配していた議論も、清国軍に勝った、勝ったの歓声が渦巻き、都会でも田舎でも日の丸がひるがえるようになると、そんなためらいや心配の声は消し飛んでしまい、勝利の声に埋もれてしまいました。

しかし、日本人は忘れても朝鮮人は忘れませんでした。

つぎに、その話に移りましょう。

## ■第二のキイ——朝鮮農民軍の抗日闘争と日本軍の皆殺し作戦

日本軍の王宮占領は、朝鮮で大きな抗日のたたかいをまきおこすことになります。日・清両軍が朝鮮に出兵する契機になった一八九四年春、全羅道《チョルラド》でおこった東学《とうがく》農民軍の蜂起、日本では当時から「東学党の乱」と呼ばれてきました。しかし、「乱」「乱民」という呼び方は、蜂起した農民の立場からみた呼び方ではありませんね。いま韓国では、「東学農民革命」といわれることが多いです。日本では、この蜂起が起こった一八九四年は甲午《きのえうま》の年でしたから「甲午《こうご》農民戦争」と呼んでいる場合もあります。

その春の蜂起は、一面では日本やヨーロッパの朝鮮への侵入に反対する「斥洋斥倭《せきようせきわ》」という要求も掲げていましたが、しかし、農民が攻撃した主な対象は、農民を日常的に苦しめている地方の役所・悪徳役人でした。

### ❖『坂の上の雲』の東学農民軍描写

『坂の上の雲』では、この一八九四年春の農民蜂起については、つぎのように書いています（ルビは原文どおり）。

韓国自身、どうにもならない。

李王朝はすでに五百年もつづいており、その秩序は老化しきっているため、韓国自身の意思と力でみずからの運命をきりひらく能力は皆無といってよかった。

そこへ東学党ノ乱がはびこっている。東学とは西学（キリスト教）に対することばである。儒・仏・道という三教をあわせ、これに現世利益《げんぜりやく》をくわえた新興宗教で、これがわがくにの幕末ごろから朝鮮の全羅道《ぜんらどう》、忠清道の農民のあいだにひろがり、やがてそれが農民一揆《いっき》の色彩をおびてきた。

それが韓国の秩序をゆるがすほどのいきおいになったのは、明治二十七年二月のいわゆる甲午農民戦争からである。東学の布教師のひとりである全琫準《ぜんほうじゅん》らが指導し、千人をもって古阜《こふ》の郡役所を占領した。五月十一日、これを鎮圧しようとした政府軍を黄土峴《こうどけん》でやぶった。同二十七日には新式火器をもつ官軍を四千の農民軍がやぶり、同三十一日には全州城を陥落させた。

韓国政府は大いにおどろいた。韓国が直面したおそるべき不幸はみずからの政府の

手で国内の治安を維持できなくなったところにあるであろう。〈文春文庫〈二〉四七～四八ページ〉

「東学」といえば、この程度のことは日本人も知っています。学校の歴史の教科書もこの春の蜂起、そしてそれをきっかけに日清戦争が起こったということは、すべて書いているからです。

しかし、司馬遼太郎もそうですが、なにかわけのわからない「新興宗教」を信心している農民の反乱が「はびこって」、朝鮮政府が清国軍を引き入れたので、日本はやむなく出兵して日清戦争になった――という程度にとどまっているのが現状です。

司馬遼太郎が東学農民軍の指導者である全琫準《チョンボンジュン》を「布教師のひとり」と書いているのは、朝鮮史上のこの大きな歴史的事件についての司馬の知識がこの程度のものであることを示しています。

### ❖司馬遼太郎はなぜ東学蜂起の故地を訪ねなかったのか

それにしても、あの『韓《から》のくに紀行』を書いたとき、司馬は扶余《プヨ》まで行きながら、なぜもう少し南の東学農民のたたかいの跡にまで足を運ばなかったのでしょう。全州《チョンジュ》、古阜《コブ》、そして郡守が農民から米を不法にたくさん取り上げるには、米を増産させなければならず、増産のためには灌漑用の堰堤《えんてい》も新たに築かなければならないと、農民を動員して築かせた万石洑《マンソクボ》の遺跡になぜ立たなかったのか。

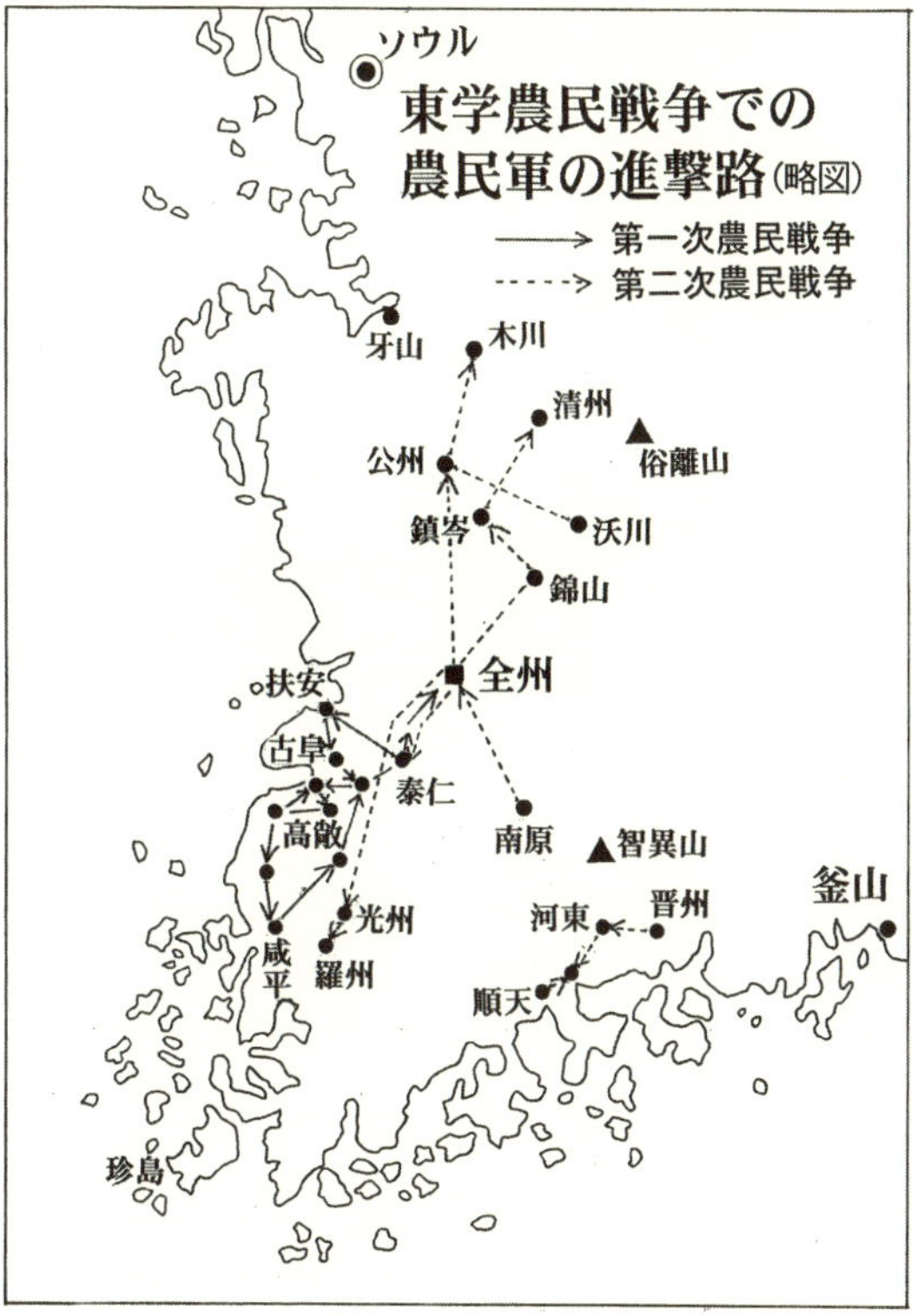


ここに立てば、なぜ郡守が農民から米を巻き上げようとしたのか、すでに一八七六（明治九）年の日朝修好条規以来、米は日本への最大の輸出物になっていて、それが郡守らの中間搾取を促す背景にあったこと、そしてこの農村には、司馬が書いた「非人工の環境と自然の循環になずみきっている」朝鮮農民とはまったく違った、李朝五〇〇年の歴史を変革しようとする

朝鮮農民が存在したこと、そしてその農民のたたかいがどういう結末をむかえるのか、日清戦争の過程は朝鮮農民にとってなんであったのか——それこそ書くのにこと欠かない話をいっぱい聞くことができたでしょうに。

しかし司馬は訪れませんでした。韓国の「街道をゆく」前からすでに司馬の韓国農村のイメージはできあがっていたと思うほかありません。

## ❖台湾の抗日闘争は書くのに朝鮮農民の第二次蜂起は書かない日本の歴史教科書

しかし、いまここで司馬をふくめて、日本人の東学の理解について深入りするつもりはありません。

それよりももっと大事なことがあります。

日本軍の朝鮮王宮占領を黙って見過ごすわけにはいかない、日本軍の侵略に断固として反対しようと、ふたたび決起した、この年の秋からはじまる東学農民を主力とした第二次蜂起です。数からいっても、起こった地域からいっても、春の蜂起とはくらべものにならない大規模なたたかいでした。しかし、日本の侵略反対の旗印をはっきりさせて立ち上がった朝鮮の抗日闘争を、日本人のほとんどが知らないのです。中学校・高等学校の歴史の教科書も、植民地化に反対する台湾の抗日闘争については書いていても、この朝鮮の抗日闘争については、まるで口をふさがれているかのように、どの教科書も書いていないのです。『坂の上の雲』でも、もちろんなにも書いていません。

そもそも、農民軍は高度な政治判断ができる指導者をもっていました。春の蜂起以後、日清両軍の出兵を知った農民軍は外国の軍隊が入ってきたのを知り、干渉が深まるのをさけるために政府側と妥協、事態を平静化させていたのです。

そこに日本軍による王宮占領がおこり、全面的な日・清両軍の交戦、日本の朝鮮への公然たる侵入が、朝鮮人の前に明らかになりました。

朝鮮の人民にはもっとも心配していたことが現に起こって、どんどん進行し始めたのです。

### ❖儒者も加わる日本がはじめて直面する大規模な抗日民族闘争

儒教的な立場から世の中を乱すものと春の農民蜂起を批判的に見ていた儒者でしたが、その儒者の間からも日本の侵略には黙っておれないと立ち上がる動きがあらわれてきます。

九月二五日を前後して慶尚北道《キョンサンプクド》で蜂起した徐相徹《ソサンチョル》は、決起の檄文で、日本は秀吉以来の「讐敵」（かたき）であると指摘し、その日本軍が王宮を占領し国王を脅迫しクーデターをおこなわせた。そして首都を制圧したのみならず、地方まで侵入して朝鮮は重大な事態に直面している。これに対処して朝鮮は挙族的に立ち上がらなければならないにもかかわらず、宮廷にいる臣下は無自覚で日本の招きで入閣するなど憂うべき状態である。さらに王宮占領から一か月も経っているのに、宮廷の臣や全国の官吏らが誰一人、義のために決起するものがいないから、憤りを感じてたちあがることを決意した。（朴宗根『日清戦争と朝鮮』青木書店、一九八二年、一七九〜八〇ページ参照）

と述べています。新しい動きです。

そして農民軍の再蜂起が朝鮮南部から全土にひろがる勢いを見せはじめます。私はこの儒者なども加わった一八九四年秋からの農民軍の第二次蜂起は、大規模な抗日民族闘争であり、日本がその後、アジアの各地で直面する民族的・大衆的な抗日闘争の最初のものであったと考えています。

## ❖彼らはなぜ日本とたたかったのか

東学農民軍の指導者、全琫準《チョンボンジュン》はこの年の一二月、逮捕され処刑されますが、法廷での尋問で、再挙の理由を問われたのに対して、つぎのように答えています。

その後聞くところによると、貴国（日本）は開化と称して、はじめから一言も民間に伝えることもなく、かつ触れ文を出すこともなく、軍隊をひきいて都にはいり、夜半王宮にうちいり、国王を驚かせたという。そのため世間の一般庶民らは忠君愛国の心で、憤りにたえず、義軍を集めて、日本人と戦おうとしたのだ。（原文は漢文、「全琫準供草」、韓国国史編纂委員会『東学乱記録』下、五二九ページ）

彼らは盲目的な排外主義者ではありません。「日本軍だけではなく、すべての外国人をことごとく駆逐しようとするのか」という尋問に対して、

そうではない。ほかの国はただ通商をしているだけだが、日本人は軍隊をひきい、

GHOR LOK TOO, CHIEF OF THE TONG HAK PARTY AND THE POLICEMEN, COREA. 東學黨首領全祿斗及朝鮮巡査
東学農民運動の指導者・全琫準（写真中央、輿に乗っている人物。『写真画報』第14巻〈春陽堂、1895年５月〉より）。この写真が撮影された経緯については、『朝鮮王妃殺害と日本人』（金文子著、高文研刊）に詳述されている。

都にとどまっている。そのためわが国の領土をかすめとろうとしていると疑わざるを得ないのだ。（同右、五三八ページ）

と答えています。

朝鮮人民の日本への正当な抗議です。日本の戦争目的は「朝鮮の独立」であり、「領土的な野心はない」と、イギリスやロシアの干渉をかわしてきた日本政府にとって、農民軍の決起は容易ならぬ事態でした。

どうしたのでしょうか。

### ❖「向後《こうご》悉《ことごと》ク殺戮スベシ」（これからは皆殺しにせよ）

朝鮮半島の北部にまで拡大して、朝鮮農民軍を日本軍が鎮圧しなければならないような事態になれば大変だ、ロシアに感づかれるのは絶対に避けなければならない、ロシアとの国境に近い北東に広がるのを阻止しろ、朝鮮半島の西南の隅においつめて皆殺しにせよ、これが日本政府・軍一体の大方針になりました。

「東学党ニ対スル処置ハ厳烈ナルヲ要ス。向後悉ク殺戮スベシ……」、これからは皆殺しにせよと、川上操六《そうろく》参謀次長が一八九四（明治二七）年一〇月二七日、朝鮮にいる日本軍にうった電報です。

その翌日、広島の大本営で総理大臣や参謀本部が相談して「討伐作戦計画」をつくりました。日本軍、三個中隊をソウルから西側・中央・東側の三つにわけて南進させる、そして農民軍を朝鮮の西南、珍島《チンド》方面にまで追い詰めて、皆殺しにする作戦です。

「珍島」、天童よしみさんが歌っている「珍島物語」の「珍島」です。朝鮮の西南の端です。海は多島海として景色のよいところですが、ここには日本の軍艦も出動しました。

「悉ク殺戮スベシ」という日本軍のこのジェノサイド作戦によって、日本がアジアではじめて直面した、この大規模な抗日民族闘争は鎮圧されたのです。その全体の犠牲者は優に三万人をこえ、負傷後の死者を加えれば五万人にもたっすると見られています（趙景達『異端の民衆反乱』岩波書店、一九九八年。井上勝生「日本軍による最初の東アジア民衆虐殺」、『世界』二〇〇一年一〇月号。井上勝生「第二次東学農民戦争と日本軍、朝鮮農民軍大虐殺」、東北アジア平和ベルト国際学術大会二〇〇八年　釜山　報告集　参照）。

この作戦も、《日清公刊戦史》には、日本軍の兵站《へいたん》（現地の作戦軍と本国の根拠地との連絡線上の必要な施設および機関をいいます。軍需物資の輸送や電信線の確保などにあたる、戦争には欠かせない拠点です）の妨害を排除する問題とかかわって簡略に書かれているにすぎません。東学農民軍およびその鎮圧に関係する記録は、外務省外交史料館にファイルはあるものの、『日本外交文書』には一点も収録されていません。『坂の上の雲』でも、この農民軍の再蜂起、抗日闘争についてては、まったくふれませんでした。

日本政府・日本軍は、朝鮮人を文字通り「血の海」に溺れさせて、「朝鮮の独立」のためにたたかったということになります。

王宮を占領され国王がとりこになっただけではなく、ばくだいな犠牲をはらったこの抗日のたたかい、その民衆的体験、それはいかに皆殺しにあったとはいえ、朝鮮の民族的体験として、忘れようとしても忘れることはできないものであったと私は思います。読者の皆さんはいかがでしょうか。

## ■第三のキイ――朝鮮王妃を殺害した事件

### ❖日清講和条約と三国干渉

「皆殺し作戦＝ジェノサイド」というのは、弾圧する側は、反抗するものを殺すだけでなく、恐怖におちいらせて二度と反抗させないようにしたいという意図をもっておこなわれます。理由は、いつふたたび反抗してくるかわからないという弾圧する側のおそれがあるからです。日本政府・軍の指導者もおなじでした。

まして、日清講和条約調印（一八九五年四月一七日）のあと、日本・朝鮮をめぐる国際情勢も大きく動きます。

日清講和条約（下関条約）では、清国は朝鮮の独立を認める、日本は中国から遼東半島および台湾、澎湖《ほうこ》諸島を分割させ、賠償金二億両（当時の日本のお金で三億一〇〇〇万円。

日清戦争が終わった年、一八九五年の日本の国家財政、一般会計歳入総額は一億一八四〇万円です）を日本に支払う、その他、沙市・重慶・蘇州・杭州の四港をひらく、また日本は清国と新たに通商航海条約などを結ぶことになりますが、その際には現に清国が欧米諸国と結んでいる条約を基礎にする、ということは、日本が中国にたいして、欧米諸国なみに不平等条約を結ばせるということです。こうした諸条項で日本は中国からばく大な利益を手に入れたのです。

しかし、調印の一週間後に「三国干渉」が起こります。ロシア・フランス・ドイツの三国が、日本が中国から分割させた遼東半島を清国に返すよう勧告してきたのです。日本政府はやむなくこれをうけいれますが、日本国内ではとくにロシアへの復讐の世論が高まることになります。

こういう情況の中で、日本政府は日清戦争中のように、朝鮮に対して強引な干渉政策はとりづらくなってきます。そこで、なにごとも朝鮮政府側から日本側に依頼させて、つまり朝鮮政府の意向によって日本の朝鮮政策をすすめるようなかたちをとりたいというように方向転換をはかります。

しかし、日清戦争中の日本政府の干渉にこりごりしていた朝鮮国王はじめ宮廷では、ロシアに接近して、国権の回復をはかろうという動きが出てきます。

日本には、「朝鮮民族というのは自主性がない、たえず周辺の大国の顔色をうかがう事大主義に支配されている」という朝鮮蔑視の声が、明治のはじめからありました。いまでもあります。しかし、日清戦争中にさんざん日本の露骨な干渉をうけてきた朝鮮が、三国干渉という新しい情況がうまれたとき、ロシアに近づき、国権の回復をはかったとしても、それは外交上の一つの選択であり、「事大主義」の非難はあたらないでしょう。

こういう新しい情況のもとで、日清戦争が終わった年の秋、日本はふたたびとんでもない事件をひきおこしたのです。

### ❖「歴史上古今未曾有の凶悪事件」の真相

下関条約の調印から半年後の一八九五（明治二八）年一〇月八日、朝鮮駐在の日本公使館および駐屯日本軍が深くかかわって、王宮の奥深く、国王の后《きさき》の寝室にまで乱入した日本人（軍人・民間人）が王后（日本でいえば皇后）を惨殺するという事件が引き起こされました。日本では外交文書などでは「王城事変」などと表記されていますが、これではなんの事件なのか、さっぱりわかりません。第二次大戦後の歴史研究や、この事件を批判的に見る人たちの間では、「閔妃事件《ミンビ》」（日本語読みでは、「びんぴ」）とよばれています。角田房子さんの『閔妃暗殺』（新潮社、一九八八年）を読んでこんな事件があったのか、はじめて知った、という人も多いですね（韓国ではおくり名から「明成皇后《ミョンソン》」といわれている）。この「歴史上古今未曾有の凶悪」事件（当時、謀略のかやの外に置かれていた京城領事の内田定槌《さだつち》が事件後、書いた報告書で使った表現です）が、なぜ引き起こされたのでしょうか。

従来、日本では軍人出身（陸軍中将）で新しく公使になった三浦梧楼《ごろう》の粗暴な独断専行であるかのようにいわれることが多かった事件です。

しかし、最近、新しく公開された日本側の史料を駆使してこの事件の研究水準を大幅に高め、角田さんの本をはじめ、従来の日本・韓国でのこの事件の研究を書きかえる画期的な成果が出版されました（金文子《キムムンジャ》『朝鮮王妃殺害と日本人』高文研、二〇〇九年）。

金文子さんの研究によれば、来るべきロシアとの戦争を想定し、日清戦争後も、日本軍を朝鮮に駐留させ軍用電信線（無線は日露戦争から使われ始めますが、このころはまだ有線の電信線でした）を朝鮮人の抗日闘争から守ることをめざす、参謀本部の意向を強く反映していた事件であることが明らかになりました。

金さんの研究でもっとも大きな発見は、事件のおおもとには、参謀本部、川上操六参謀次長がいたことを明らかにしたことです。

近年、日本で公開された新しい史料に、インターネット上で検索できるようになったアジア歴史資料センターの史料（国立公文書館、防衛省防衛研究所図書館、外務省外交史料館所蔵の資料）や、伊藤博文のもとにあった文書で『秘書類纂《ひしょるいさん》』、全一二七冊（宮内庁書陵部所蔵）の写真版による刊行が開始されたことがあります（ゆまに書房『伊藤博文文書』）。また韓国国史編纂委員会から公刊されている『韓国駐在日本公使館記録』なども活用されるようになりました。

従来、利用されることがなかったか、きわめて使いづらかった史料を、インターネットという新しい手段を積極的に利用して、断片的な史料をつなぐ糸をたどっていく作業を金さんは丹念におこなったのです。その結果、そのほとんどが、参謀本部の次長（総長は皇族ですから、事実上のトップの地位）の陸軍中将川上操六につながることがわかってきました。

朝鮮の王宮深く押し入って、国王の后を殺害するというとんでもない事件は、川上操六と、その後押しで新たに朝鮮公使となった軍人出身の三浦梧楼が結託して企画し、伊藤博文首相や陸奥宗光らも事実上知っていて、それを阻止せず、在朝鮮の日本軍を事実上の主力とし、それをカムフラージュするのに「壮士」の名の民間人を動員して決行された、い

大院君（林武一『朝鮮国真景』より。撮影者の林武一の略歴と写真集『朝鮮国真景』の発刊の経緯については、『朝鮮王妃殺害と日本人』（金文子著、高文研刊）に詳述されている。）

わば日本政府・軍部総掛かりの事件であったことがわかってきました。

### ❖朝鮮の宮廷——大院君《テウォングン》の抵抗

参謀次長の川上操六らは、三国干渉後、思いのままにならぬ朝鮮事情、そのなかで王后を「親ロシア勢」の中心とみなして、事件の計画をねり、殺害におよんだのです。王后との確執がことさらに喧伝されていた国王の実父、大院君のクーデターに見せかけて、この計画はしくまれました。

しかし、大院君は日本側のいいなりになりません。夜、連れ出しにやってきた公使館員や壮士たちに対し、言を左右にして説得に応じない、その間に時間をとられてしまい、夜半に実行するはずの計画が、夜明けにずれ込んでしまったのです。

その結果、ただならぬ蛮行の様子を外国人や朝市に集まる朝鮮人に目撃されて、事件を公衆が知るところとなったのです。

### ❖だれも責任を問われない日本

ひっこみがつかなくなった日本政府は、三浦梧楼をはじめ事件にかかわった日本の軍人や民間人を朝鮮から退去させ、いったんは広島で収監しましたが、結局、この事件で処罰された日本人はひとりもいませんでした。日本政府・日本軍も頬被《ほおかぶ》りをし、事件はうやむやにほうむられてしまいました。

日本政府を代表する朝鮮駐在の公使を中心に実行されたことを知りながら、知らないことに決め込んだのです。

第二次世界大戦後の日本政府文書（『日本外交年表竝主要文書』）でも「朝鮮大院君我壮士軍隊に擁せられクーデター、閔妃殺害さる」としか書かれていません。『坂の上の雲』でも作者は、事件当時、朝鮮駐在の公使館員であった杉村濬《ふかし》が後に書いて刊行した『明治廿七八年在韓苦心録』（一九三二＝昭和七年刊）など、この事件の当事者が書いた記録があるのに、事件にまったくふれることはありませんでした。

さて、以上に紹介した日清戦争のこの三つのキイと、この後の日本歴史の展開とはどう関係しているのでしょうか。

朝鮮王宮占領、それに抗議しておこった朝鮮農民軍の再蜂起と日本軍によるその皆殺し作戦、さらに戦後の朝鮮王妃殺害事件――この三つの出来事は、鎖でつながっているかのように、相互に関連しています。そして三つとも、日本政府はことの真相を内外に公表しませんでした。

日清戦争当時は、日本はまだ「軍事小国」であって、日本の指導者も欧米諸国の世論をたえず考慮しながら政策をすすめようと努力した、それが一九三〇年代のように暴走した時代の日本との大きな違いであるとは、今日、しばしば聞く議論です。

たしかに、日清戦争当時、陸奥宗光外務大臣も欧米諸国の世論には、細心の神経を使ってことをすすめていました。しかし、彼をふくめて日清戦争当時の日本政府・日本軍部の指導者が、朝鮮にたいしてはなにをしたのか、その話が立ち入って語られることはまずありません。彼らが朝鮮に対してなにをしたのか、まるでなにもしなかったかのように語らないで、日本の指導者が欧米諸国の世論をたえず考慮しながら政策をすすめようと努力したことをもって、この「明治の時代」と「昭和の暴走」の時代を断絶させて論じるのは、それでよいのでしょうか。おおきな忘れ物を、忘れ物とさえ気づかずに、すませることにはなりませんか。

## 3　日露戦争下の朝鮮の軍事占領

### ❖欧米諸国に気を使うこと少なく

日本にとってはじめての本格的な対外戦争であった日清戦争によって、日本の朝鮮への勢力拡大は画期的に進みました。そして一〇年後、日露戦争（一九〇四＝明治三七年二月〜〇五＝三八年八月）です。日清戦争当時は、日本政府はたえず欧米諸国、とりわけイギリス、ロシアの動きに気をつかいました。

しかし、日露戦争のときには、イギリスとは同盟を結んでおり（日英同盟、一九〇二＝明治三五年）、アメリカの支援もとりつけていました。そしてロシアは交戦の相手になりました。ですから日清戦争のときのように欧米諸国に気をつかうことはほとんどなくなりました。

このことは、だれはばかることなく、朝鮮にたいして軍事力むき出しの圧迫を加えても、さしあたって欧米諸国から非難されることがないということでもありました。

したがって、日本は国際法上、交戦相手ではないにもかかわらず、朝鮮をいきなり事実上の軍事占領下におく行動に出ます。

その動きを察した韓国政府は、日露戦争勃発の懸念がひろまると、一九〇三年一一月二三日、ついで翌年一月二一日と、あいついで戦時局外中立を声明しました。直接、朝鮮に利害の少ないヨーロッパ諸国には、韓国政府の戦時局外中立を受けいれる動きもみられました。

しかし、日本政府・軍部はこの韓国政府の戦時局外中立を無視しました。日露戦争に際して、韓国の軍事占領は日本政府・軍部の最大の目標の一つであり、そのため韓国の中立はなんとしても阻止しなければならないと考えていたのです。

### ❖参謀本部編『明治三十七・八年秘密日露戦史』が明かす戦略

一九七七（昭和五二）年、東京の有名な古書店、巌南堂書店から、参謀本部が編纂した『明治三十七・八年秘密日露戦史』が復刻刊行されました。司馬遼太郎が『坂の上の雲』を書いたのは一九六八年から七二年にかけてですから、執筆当時はまだ利用できませんでした。

巌南堂書店版のこの『明治三十七・八年秘密日露戦史』には、この原本がどこにあったのか、どういう経緯で巌南堂書店が出版することになったのか、そういうことはなにも書かれていません。ただ、これには凡例が示してあります。その凡例の二に「既刊日露戦史ニ表ハレサル作戦上ノ秘密事項及大本営以下ノ腹案ヲモ記述ス」とあります。ですから公刊された参謀本部の『明治卅七八年日露戦史』（全一〇巻、東京偕行社、一九一二年五月〜一九一四年一〇月）より後に、参謀本部の内部資料としてつくられたものであることがわかります。（なお、この『明治三十七・八年秘密日露戦史』が史料として信用のおけるものであることは、大江志乃夫《しのぶ》さんの『世界史としての日露戦争』〈立風書房、二〇〇一年〉に詳しい考証があります。また、沼田多稼藏『日露陸戦新史』〈岩波新書、一九四〇年〉は、この『秘密日露戦史』も利用して書かれています。）

この参謀本部編『明治三十七・八年秘密日露戦史』によりますと、一九〇三（明治三六）

年一二月には、ロシアとの戦争に備えて具体的な作戦計画ができたとして、つぎのように述べています。主な部分をやさしい文章にして紹介しておきます（傍線は中塚。原文は、巌南堂書店版、九二～三ページ）

対露作戦計画（三十六年十二月）

韓国の占有はわが国の国防を完全なものにする根拠であって、決して他国が指先でも韓国にふれることは許さない。それゆえに時局の推移が不幸にして日・露開戦ということに立ち至ると、必ずやまず韓国の占領を完全におこない、そうすることによってわが国のよって立つ場所を固くしなければならない。海軍軍令部（陸軍の参謀本部にあたる）の判断によれば、ロシアの艦隊は旅順に集合し、決戦をさけるだろうから、海上での勝ち負けがはっきりするのは、かなりおくれるだろうということだ。だからといっていたずらに海戦の結果を待って時日を引き延ばしていると、ロシアはこの間に乗じて、満州との地つづきという便宜を利用して、北方より韓国に進入し侵略をほしいままにし、これがために我が方（日本側）は時がたつにつれ行き詰まってくるだろう。だからそうならないためにあらかじめいろいろの手段を講じて、海戦の結果に頼ることをせず、一部の陸軍部隊をソウルに派遣して、韓国内で先制の形勢をにぎれるようにつとめなければならない。そしてこれはあえて冒険をするというやりかたではない。海戦の勝敗が決まらなくても、わが海軍は朝鮮海峡を確実に支配することができるからである。

ロシアに対する作戦はこれを二期に区分する。つぎの通りである。

第一期　鴨緑江以南の作戦であって韓国の軍事的占領を完全にするのを限度とする。

第二期　鴨緑江以北満州の作戦

第一期の作戦を略記すると次のようになる。

一、先遣徴発隊をソウルと釜山をむすぶ路線上に派遣し、武器・食料などの補給基地をつくる準備をさせる。

二、臨時派遣隊（歩兵五大隊山砲一中隊）を派遣し、ソウルおよび元山に駐屯している部隊を増加し、戦争につながるかもしれない敵の小さなもくろみに対してソウルの占領を持続し、後続部隊の到着を待たせる。

右の二項は開戦を予期しての準備手段であるから敵に対しその実行を秘密にして隠しておくため、実際の戦争のための作戦行動に移るまでは変装しておくこと（紳士、

技師、商人、工夫、運搬人夫、漁夫などに変装して）。（後略）

対ロシア戦争に当たって韓国を軍事占領し、兵站基地化することが、まったく一点の留保もなく当然の前提として考えられていることがよくわかります。

それでも日露間に戦争が起こりそうだと見て、ソウルには公使館や居留民を保護するために、欧米諸国の軍隊も入って来はじめました。参謀本部ではこの様子を見て、ソウルが今後ますます政略上、戦略上、扇の要《かなめ》のようにたいへん重要な地域になると考え、そのために「陸軍少将伊知地《いじち》幸介」が韓国に派遣されます。その際、伊知地にあたえられた訓令はつぎのようなものです。

列国の軍隊がソウルに入ってきた結果、ソウルが中立地となる恐れなしとしない。あなた（陸軍少将伊知地幸介）は深くこういう状況に注意し、韓国駐在の日本公使と協議して、此事件（ソウルが中立地帯になること）の成立しないよう全力をつくせ。

他国の軍隊がソウルに入城してきた結果、ソウルが中立地帯化したら大変だから、そういうことにならないよう、韓国駐在公使とよく相談して、全力をつくせ――というわけです。

### ❖「併合という愚劣なことが日露戦争の後に起こる」という司馬遼太郎の説

ところで、司馬遼太郎は「韓国併合」について、こう述べていました。

われわれはいまだに朝鮮半島の友人たちと話をしていて、常に引け目を感じますね。これは堂々たる数千年の文化を持った、そして数千年も独立してきた国をですね、平然と併合してしまった。併合という形で、相手の国家を奪ってしまった。こういう愚劣なことが日露戦争の後で起こるわけであります。（司馬遼太郎『「昭和」という国家』NHK出版、一九九八年、三七ページ）

日露戦争の時代までは「江戸文明以来の倫理性がなお明治期の日本国家で残っていた」（『坂の上の雲』文春文庫〈七〉二〇七ページ）、すなわち「武士道の倫理が機能した」と司馬は言っていました。しかし、右に紹介してきた参謀本部の方針では、すでに日露戦争開戦の前に、「韓国の占有はわが国の国防を完全なものにする根拠であって、決して他国が指先でも韓国にふれることは許さない」といい、韓国を完全に軍事占領し、兵站基地化した上で、ロシアと戦争しはじめるというのですから、司馬説はたんなる思い込みにすぎません。

大山巌をトップとする参謀本部では、日露戦争をはじめる前から、朝鮮を日本の支配下におくことは、自明の方針としていたのです。

日露戦争下の朝鮮を伝えるにはもっと多くのことを書かなければなりませんが、司馬の議論を批判するには、これだけの材料でも十分でしょう。

## 4 戦史の偽造——真実は書かない公刊戦史

### ❖日清戦史草案の書きかえを決めた参謀本部部長会議

さて、つぎに参謀本部による戦史の編纂について、まとめて述べることにします。司馬遼太郎によれば、日露戦争に勝ってから日本軍がおかしくなった、その愚行の最初の現れが『日露戦史』の公刊だったと言っていることは、前に述べましたが、その司馬の主張は、はたして通用するのか、ということに直接関連することです。

日清戦争最初の日本軍の武力行使、「朝鮮王宮占領」を書いた詳細な戦史の記述を、前に述べたように《日清公刊戦史》のウソの記述に書きかえさせたのはだれか、それはどんな理由によるのか、その経緯もいまでは明らかになっています。

防衛庁（いまは防衛省）防衛研究所に勤務していた五十嵐憲一郎さんが同研究所の図書館で見つけた参謀本部部長会議の決定の簿冊（文書を綴じたもの）から、この日清戦史改ざんの決定的な記録を発見し、史料として紹介したのです。

「日清戦史第一第二編進達ニ関シ部長会議ニ一言ス」（明治三十六年一月起　参謀本部部長会議録　七月一日）。（軍事史学会編集『軍事史学』通巻一四八号、二〇〇二年三月、錦正社）がそれです。原文は防衛研究所図書館所蔵『秘　明治三十五年五月起　部長会議録第壱号　佐官副官管』にあります。簿冊の「請求記号」は「参謀本部　雑　M35～19-135」

です。

提案したのは参謀本部で戦史編纂を担当していた第四部の部長、大島健一陸軍大佐です。（ちなみに大島健一の長男、大島浩も陸軍中将まで昇進、一九三八＝昭和一三年、ドイツ大使となり、日独伊三国同盟を推進する立場で活動しました。）

司馬遼太郎は、参謀本部についてこう言っていました。再度、引用します。

参謀本部にもその成長歴があって、当初は陸軍の作戦に関する機関として、法体制のなかで謙虚に活動した。

日露戦争がおわり明治四十一年（一九〇八年）関係条例が大きく改正され、内閣どころか陸軍大臣からも独立する機関になった。やがて参謀本部は〝統帥権〟という超憲法的な思想（明治憲法が三権分立である以上、統帥権は超憲法的である）をもつにいたるのだが、この時期にはまだこの思想はそこまでは成熟していない。だから、日韓合併の時期では、のちの〝満州事変〟のように、国政の中軸があずかり知らぬうちに外国に対する侵略戦争が〝参謀〟たちの謀略によっておこされるというぐあいではなかった。

しかし、将来の対露戦の必要から、韓国から国家であることを奪ったとすれば、そういう思想の卸し元は参謀本部であったとしか言いようがない。(『この国のかたち一』文藝春秋、一九九〇年、三一ページ)

日露戦争までは参謀本部も「謙虚に活動した」と司馬は書いていますが、しかし、ここにかかげる日清戦史改竄《かいざん》の提案は、日清戦争から八年はたっていましたが、まだ日露戦争の前、一九〇三(明治三六)年のことです。

大島健一の提案はたいへん難しい言葉を多用していて、そのままではわかりにくいので、思いきって意訳して紹介することにします(傍線は中塚、原文は拙著『現代日本の歴史認識』高文研、二〇〇七年、一八九～一九二ページに収録してあります)。

一 すでにできあがった草案を読んでみた。この草案は、遠慮なく事実の真相をありのまま書いてあり、将来の戦争で軍隊を動かす際の研究資料として役立て、また一方で軍事の素養がなく東洋の地理などに通じていない人たちに、戦争の経過を知らせるのを重点としている。

二　右の主旨にもとづいて、戦争の原因をのべるにあたって、大本営や参謀本部など軍部では早くから軍事力で事を解決しようとし、一方、内閣はことさらに受け身の立場に立ち、というのは戦争になる原因は外国にあって、日本はやむをえず戦争に立ち上がらなければならないようにさせられていると見せ、つとめて軍事力に訴えるということを表に出さないようにつとめる。

だから常に軍が先んじて軍事力を使って有利な立場を築こうとするのを抑え、日清戦争の開戦の当初には、日本の陸軍の行動にこのうえなく大きな不利をこうむらせたと、いちいち例をあげて書いている。

あるいはまた「漢城を囲み韓廷を威嚇せし顛末」（朝鮮王宮占領のこと）を、永遠に記念すべき不朽の痛快事であるかのように詳しく書き、またわが軍が牙山に清国軍がいないのに、まだいるかのようにあやまって慎重に攻めていったことを書き、暗に軍隊の動かし方が乱雑であったかのように叙述し（中略）ひそかに出征した上級指揮官の無謀を遠回しに言う、そういう類のことがたくさん書かれている。

もちろんこういうことを書いておくのは、多少はこれから後のいましめ、教訓になるかもしれないが、しかし、内閣も大本営も共にひとしく天皇のお考えをつつしんでうけたまわる組織であり、外交上の折衝に天皇が満足せずはじめて武力に訴えることになるのだから、開戦前に軍や政府の内部に異なった意見があることなどを書いては、世間の人は、政府・軍部を統一して指揮している元首である天皇の大権（大日本帝国憲法のもとで天皇が行使する統帥権）に疑問をもつことになる。ことに宣戦の詔勅と矛盾すると人びとが思う恐れがある。（中略）

三　改めて編纂する戦史では、わが日本政府は常に平和をねがって一貫していたが、清国朝廷はわが国の利権を考慮せず、たとえ武力を行使し血を流してでもその野望を実現しようとし、彼、清国がまず日本に対して敵対行為を現し、日本がついにこれに応じなければならなくなったことが発端となって戦争になったというように書き、成果を見なかった行動はつとめてこれを省略し……（後略）

### ❖「宣戦の詔勅」にもとづいて書き直せ

つまり、「漢城を囲み韓廷を威嚇せし顛末」（朝鮮の王宮占領）などを詳しく書いたのでは、「内閣、軍部を統一して指揮する」天皇の大権に疑問を持たせ、宣戦の詔勅と矛盾する疑いが生まれる、こうした叙述は詳しくは書かず改めて編纂しなおし、そこではもっぱら清国（中国）が日本に敵対してきたので、日本はやむなく応ぜざるを得なくなり戦争になった、というように書きあらためる——という提案なのです。この提案は参謀本部の各部長に受け入れられ、戦史の改竄は「第四部長に一任する事」になりました。

日清戦争をたたかう根拠となるべき公明正大な理由がない、とりわけ開戦にもちこむ手順が無理無体であったと批判する声は、勝海舟（旧幕臣、明治維新後は参議兼海軍卿、枢密顧問官などを歴任した）など有力政治家の間にもありました。そのことを政府や軍の当局者も知っていたのです（松浦玲『明治の海舟とアジア』岩波書店、一九八七年、参照）。

もちろん、外国にむかって事実を明らかにすることはできなかったことも、戦史改ざんの大きな理由です。

だから、〈日清公刊戦史〉では、本当のことは書けずウソの話に書きかえたのです。

これが日清戦史の編纂の過程で、事実をまげても天皇の発した宣戦の詔勅の趣旨にもとづいて公刊戦史をつくった過程で明らかになったことです。

先述の日清戦史編纂のための部長会議が開かれた一九〇三（明治三六）年七月といえば、ときの参謀本部のトップ、参謀総長は、司馬遼太郎が「明治の軍人」として賞賛してやまない大山巌であったこともしっかり記憶しておきたいですね。

なお、司馬遼太郎が『坂の上の雲』を書いていた当時、参謀本部の戦史草案がまだ福島県立図書館にあることも知らず、また歴史研究の上でも、朝鮮王宮占領のことはまだ知られていないので、司馬が書いていないからといって、司馬を批判するのは酷である——という意見があるかもしれません。

しかし、王宮占領のときの当事者の一人である朝鮮駐在日本公使館の書記官であった杉村濬《ふかし》が、すでに一九三二（昭和七）年、『明治廿七八年在韓苦心録』を出版していることは、前にもふれました。そのなかには前編に、一八九四年七月の朝鮮王宮占領のこと、後編には、王妃殺害事件のことが書かれています。

明治の日本、日清・日露戦争を書くのに、当然、資料を蒐集したはずの司馬です。基本文献ともいえるこの本の存在を知らなかったとは考えられません。にもかかわらず、司馬が『坂の上の雲』でこの朝鮮王宮占領事件をまるでなかったかのように書かなかったことは、事件の真相を公表せず、ウソの話をばらまいてきた日本政府・参謀本部と共通するものがあるといわざるを得ないでしょう。

## ❖「日露戦史編纂綱領」

さて日露戦争では戦史はどうしてつくられたのか。司馬遼太郎が近代日本の愚行と非難してやまない日露戦争戦史の編纂・刊行はどうすすめられたのでしょうか。

これも決定的な史料が福島県立図書館「佐藤文庫」にありました。

「日露戦史編纂綱領」という文書です。

「愚書」がなぜつくられたのか、司馬遼太郎は勲章や爵位をさずける必要から事実をまげたためにつまらなくなったのだ、と戦史編纂にかかわったという軍人の言葉なども援用して非難しています。そんな例もあったのかもしれませんが、基本的には司馬のいうような私的なことではありません。

肝心なところを原文をわかりやすくしながら紹介しますので、『坂の上の雲』で司馬が書いたことがいかにまとはずれかを、しっかり判断してください。表題はこうです。

「明治三十七八年日露戦史編纂綱領別冊ノ通リ定ム

明治三十九年二月　　　　参謀総長侯爵　大　山　巌」

またしても、大山巌ですが、その名において日露戦史の編纂綱領、編纂のための基本方針が定められたのです。戦争が終わって翌年、早々のことでした。日清戦争の戦史編纂がずいぶん長くかかり、しかもずっとあとになって、宣戦の詔勅にのっとって書き直させるというような事態になったので、その轍を踏まないために、早々と、戦史編纂の基本方針を決めたのでしょう。

「日露戦史編纂綱領」、「日露戦史編纂規定」、「日露戦史編纂ニ関スル注意」、「日露戦史稿審査ニ関スル注意」、「日露戦史整理ニ関スル注意」の五つの文書からなっています。

その五つのうち、「日露戦史編纂綱領」が、主文にあたるものです。その眼目は、六と八です。カタカナをひらがなになおし、平易な文章にして全文を紹介します。

六　編纂事業を分けて二期とする。その第一期は史稿（草案）の編纂にして、第二期は戦史の修正・校訂とする。史稿は戦史の草案である。正確に事実の真相を叙述して戦史の体裁を完全に備えたものにする。史稿完成の上は第二期作業に移り、その全部にわたり分合増刪《ぶんごうぞうさん》（書き加えたり削ったり）し、かつ機密事項を削除し、もって本然の戦史を修訂し、これを公刊するものとす。

八　編纂史料は専ら大本営、各部団隊の機密作戦日誌、陣中日誌、戦闘詳報、報告、

その他の公文書を用いる。もし記事が不足し事実が矛盾して情況の経過に不審あるときは責任ある参戦高級将校二名以上の説明を求めて、そのよく合致するものを採用するものとす。

戦史編纂にあたっては、「八」にあるように、第一期の作業では戦争中の各部隊のいちばん基礎的な記録によって可能なかぎり正確に書くのです。しかし、これは戦史の史稿＝草稿であって、この第一期の作業が終わると、その全部にわたって「分合増删」、むずかしい言葉ですが、つまり全体にわたって整理し添削する、とくに機密事項を削除する、そしてこれを公刊戦史とする。それが「六」に書いてあることで、日露戦史編纂の大原則なのです。

この本当のことを書かない公刊戦史がなぜ「本然の戦史」なのか。参謀本部としては一般に公表するこの戦史には本当のことが書かれていないことを承知の上で、これを「本来あるべき体裁の戦史」と考えていたのです。いかに天皇の軍隊が国民をバカにしていたかを物語る証拠です。ともあれできあがって公にされ、だれでも読むことができる日露戦史には、軍や政府にとってつごうの悪いことは書いていなかったのです。

## ❖「書いてはダメ」の一五カ条

そしてこの「日露戦史編纂綱領」の五つの文書のうち、もっとも興味深いのは、「日露戦史史稿審査ニ関スル注意」という文書です。

第一期の作業がおわり、草案を点検して「機密事項を削除する」作業をするのですが、その際、なにを機密事項とするのか、言いかえると「書いてはならないことがら」を示したのがこの文書です。書いてはならないことが一五カ条にわたって列挙され、その理由が示されているのです。

司馬遼太郎が嘆く原因にもなった基準が書かれているので、長くなりますが主な項目をやさしく書き直して、（　）に私の言葉をおぎないながら、紹介することにします（原文は、中塚明『歴史の偽造をただす』〈高文研、一九九七年〉に収録していますので、興味のある方は、そちらを参照してください。なお、次に紹介するなかで（略）や（後略）などとあるのは、紹介をできるだけ簡略にするために私が省略した箇所を示します。原文には省略はありません）。

## 日露戦史史稿審査に関し注意すべき事項

一、戦争をするために将兵を召集し戦時編成の部隊をつくりあげたり、新たに部隊を編成したりしたときに、それが完結した日は書かない。

理由　日本軍が戦闘準備に要した日数を計算する根拠を明らかにしないためである。（公表すると日本軍の動員体制がどの程度のものかわかってしまうのでまずいということです。）ただ命令が下った日はすでに内外に知れ渡る場合が多いので書いても妨げはなく、特にかくす必要はない。

二、各部団隊の意志が衝突したような場合のことは、ついにその実行した事績に関するものを主として記述するを要す。（後略）

理由　我軍の内情を暴露する可能性があるので避けた方がよい。

三、軍隊または個人の怯懦《きょうだ》（おくびょう）、失策に類するものはこれを明記してはならない。（後略）

理由　わが軍の価値を減少し、かつあとあとの教育に害をおよぼす恐れがあるためである。

四、兵站《へいたん》（戦場の後方にあって、前線部隊のために軍需品・武器・食糧・馬などの供給・

補充や、後方連絡線の確保などを任務とする機関）については直接の守備隊ならびに輸送力に関することは詳しく書いてはならない。ただし守備隊で実際戦闘に参加した場合はこの限りではない。
理由　陸路兵站の設備は後々の作戦に関係することが大きいので、真相を明らかにすると将来不利になるのと、とくに輸送力のごときは外国軍のため大きい参考となって知られるとまずい。
五、特設部隊詳細の編制はこれを記述すべからず。
理由（略）
六、わが軍の前進または追撃の迅速かつ充分でなかった理由はつとめてこれを省略し、必要やむを得ざるものに限り記述し、しかも漠然とした記述にしておくことが必要である。
理由　将来の戦争の例証となるのは好ましいことではないのと、多少わが軍の欠点を暴露する可能性があるからである。そして表面の理由としてはあるいは給養（物資の供給）の関係、戦闘後の整頓、あるいは単に戦術上の顧慮などが理由であるかのようにし、たとえ事実であったとしてもわが軍戦闘力の消耗もしくは弾薬の欠乏などのごときは決して明らかにしてはならない。
七、弾薬追送に関すること、ならびにこれが戦闘に影響した事実は記述してはならない。（後略）
八、給養の欠乏に関する記述はつとめてこれを概略にすること。（後略）
理由　わが軍の準備の不足を暴露するのは好ましくないからである。
九、人馬弾薬および材料の補充ならびに新たに部隊を編成するなどの有様は記述すべからず。
理由　前項と同じくかつ将来日本軍の運動を推察させる材料にしないためである。
十、研究の価値あるべき特種の戦闘法、またはその材料にしてしかも世間いまだこれに注意していないものはつとめて記述してはならない。
理由（略）
十一、国際法違反または外交に影響すべき恐れある記事は記述してはならない。
理由（略）
理由　俘虜（捕虜）、土人（朝鮮や中国の一般人を日本軍はしばしば土人と侮蔑した呼び方でいいました。日本政府もアイヌ人を「土人」とさげすんで呼びました―中塚）の虐待、もしくは中立侵害と誤られる可能性のあるもの、または当局者の否認している馬賊使用に関するなどの記事のようなことは、往々物議をかもしやすく、さらには国交に災いをひきおこし、あるいはわが軍の価値を減少するの恐れがあるからである。

（馬賊とは、中国で清王朝末期ごろから、中国東北部＝満州一帯で、集団で馬に乗り威力をふるった武装集団のことです。仲間の規律もかたく義賊を称するものもありました。日露戦争中、日本軍はロシア軍の背後をおびやかすのに、清朝の袁世凱らに協力をもとめ、この馬賊を使ったことがいまでは明らかになっています――中塚）

十二、高等司令部幕僚の執務に関する真相は記述してはならない。理由　勤務上の機密を暴露するの恐れがあるからである。

十三、十四、十五（略）

これだけの書いてはならない条項が指示され、それにもとづいて草稿が審査され、秘密にわたることはすべて削除されて公刊された戦史は、司馬遼太郎ならずともだれが読んでもおもしろくないのは請け合いですね。

## ❖「史稿」を探そう

ただ、読者の皆さんも関心をもっていてほしい一つのことは、「日露戦史編纂綱領」の主文、「六」に書かれていた第一期作業で書かれたはずの「史稿」（草案）が、どこかにあるかもしれないことです。「大本営、各部団隊の機密作戦日誌、陣中日誌、戦闘詳報、報告、その他の公文書」を材料にして、しかも「記事不足」や事実が矛盾して情況の経過に不審なことがあるときは責任ある参戦高級将校二名以上の説明を求めて、前後矛盾することなく、よく合致するものを採用して書く、そうして出来上がったものが「史稿」というわけです。陣中日誌や戦闘詳報などが、すべて正確といえるかどうか、もちろん問題もあります。しかし、前掲の「書いてはダメの一五カ条」というようなことからは少なくともまぬがれているはずの「史稿」ですから、公刊戦史よりは、より具体的に日露戦争の素顔に近づける可能性は大きい史料です。

それからもう一つ、これは歴史研究者の課題ですが、この「日露戦史編纂綱領」が作られる過程を示す史料があれば、戦史偽造の日本軍の意図がもっと鮮明にわかるかもしれません。これも今後の課題の一つにちがいありません。

戦史について、ずいぶん長く、しかも原文を引用しての説明をしましたので、読み疲れされたかもしれません。しかし、司馬遼太郎がいうように、戦史の改竄がおこなわれたのは、日露戦史からのことではなく、日清戦史でもそうであったことを、もう一度確認しておきましょう。

さらに戦史の改竄についていえば、それは明治のはじめ、一八七五（明治八）年の江華島事件のときにもすでにおこなわれていたのです。江華島事件の際の戦闘の詳細が改竄されたことは、その意味も含めて後で述べることにします。

なお、前出の参謀本部編『明治三十七・八年秘密日露戦史』（一二七ページ参照）が「日露戦史編纂綱領」にいう「史稿」にあたるのか、との疑問をもたれる方があるかもしれませんが、それは「史稿」ではありません。大江志乃夫さんの考証によれば、『明治三十七・八年秘密日露戦史』の原本になったのは、一九一四（大正三）年から一九二七（昭和二）年の間のいずれかの時期に、参謀本部でごくわずかの部数がつくられた謄写印刷本の『作戦経過概要』（全九巻）の一部と考えられています（大江志乃夫、前掲書、参照）。

# Ⅳ 歴史になにを学ぶのか

## 1　韓国知識人の問いかけ

### ❖一九九五年、『東亜日報』元社長・権《クオン》五琦《オギ》さんの問いかけ

『朝日新聞』で政治部記者、論説副主幹などとして日韓関係問題に筆をふるった今津弘さんが、記者時代に会われた多くの人たちを想起しながら、かつ日本の近代史、現代史をどう見るか、を問いかけた書物を出版されています。『ジャーナリスト　その優しさと勁さ　近現代史への新たな旅立ち』（スリーエーネットワーク、一九九八年）です。

そのなかで、ひときわ特筆されている人物で、この今津さんの本に「刊行によせて」という文章も書いている権五琦さんという韓国人がいます。一九三二年生まれ。一九六三〜六五年、『東亜日報』東京特派員として来日、七〇〜七三年、ワシントン特派員、九三〜九五年、『東亜日報』社長、九五〜九八年、韓国副首相および統一院長官をつとめた人で

す。韓国の著名なジャーナリストであり、政治家でもあります。

朝日新聞社が、一九九五年四月、「戦後五十年」の企画の一つとして国際シンポジウム「新聞と戦争」を開催、権五琦さんは招かれてこれに参加しました。そのときにつぎのような趣旨の発言をしたことを、今津さんは書きとめていたのです。

いま日本は戦後五十年ということでメディアをあげて議論している。こういう節目には必要な議論だとは思うが、わたしから言うと、なぜ日本の皆さんは一九四五年の敗戦の日からものを考えようとするのか。なぜ韓国の東学党蜂起に始まる百年前の日清戦争に遡って、いまに到る日本の歩みを振りかえろうとしないのか。（一三五ページ）

略歴にもあるように、この権五琦さんは、一九六五年、日本が韓国と国交を回復することになった日韓条約が調印された当時、『東亜日報』の東京特派員でした。調印が終わった翌日、朝日新聞社では、「韓国の東京特派員」と「朝日新聞の元ソウル特派員」との座談会を催しました。

日韓条約締結交渉は一九五一（昭和二六）年から始まって、じつに一四年間もかかってやっと一九六五年六月二二日に調印されたのです。その間、しばしば交渉が中断しました。その原因の多くは、日本と韓国の過去にかかわる問題での、日本側代表の発言のせいでした。

一九五三年、第三回日韓会談は、久保田貫一郎日本首席代表の「三六年間、日本が朝鮮を統治したことは、朝鮮人にとって有益であった」という発言で決裂。また一九五八年、第四回会談での沢田廉三代表の発言、「われわれは、三度起って、三八度線を鴨緑江のそとにおしかえさねば、先祖にたいして申しわけない。これは日本外交の任務である」等々。

その過程をふりかえって、当時の権五琦記者はこう述べています。

過去がどうであったのかということをもっと知るべきだ。韓国の側からいえば、隣組との交渉というよりは歴史との交渉だ、という意味も加わって、非常に複雑な面がある。

韓国内では、過去が誇張される面がないでもない。が、その割に日本側には過去は何もなかったというそぶりがある。歴史感覚が全然ない。これが最大の原因だと思う。

(『朝日新聞』一九六五＝昭和四〇年六月二三日付)

日韓条約交渉は、韓国にとっては「隣組との交渉というよりは歴史との交渉だ」、日本という隣国との交渉というよりは、過去の歴史問題をどう見るか、それが大きな争点になっていたのだ、日本側には、「過去は何もなかったというそぶりがある。歴史感覚が全然ない」、それがこじれて長い時間がかかった最大の原因だ、ときわめて手厳しく批判していました。権五琦さんはこのとき三三歳、まだ若い特派員でした。

**❖「百年前の日清戦争にまで遡って考える」という意味は？**

その権五琦さんが、それから三〇年たって、日本の「敗戦五〇年」の一九九五年に、ふたたび日本人に、歴史を考える上での問いかけをしているのです。

具体的に「東学党蜂起に始まる百年前の日清戦争に遡って」なぜ考えないのか、と問うているのです。

この権五琦さんの問いかけの意味を、私なりに考えてみたいと思います。

第一は、韓国（朝鮮）の歴史上、「東学党蜂起」の歴史的な意味を、日本人は知っているのか、という問いかけです。一八九四年の「東学党蜂起」はあきらかに社会変革のプログラムをもった、李朝末期にあらわれた数多くの民乱をあらたな高みにおしあげる可能性をもっていた大衆的な農民の蜂起でした。その点で、韓国史上、画期的な事件であったことを韓国・朝鮮人はよく知っています。この農民蜂起の歴史的な経験が、その後の義兵闘争をへて、三・一独立運動につながってゆくのです。

第二は、この韓国（朝鮮）の近代を切り開く可能性のあった大衆的な農民蜂起を、日清戦争で日本は押しつぶしてしまいました。朝鮮の自己変革の可能性を日本軍が摘《つ》みとってしまったことを、日本人は知っているのか、という問いかけです。

第三は、日清戦争で日本は朝鮮から清国の勢力を排除し、東アジアで覇権を確立する上で大きな画期とし、一〇年後の日露戦争をへて、韓国を滅ぼし、これを日本の領土にしてしまいました。しかし、そのことによって日本の安全は保障されたのでしょうか。むしろいっそう困難になったのではありませんか。日本は明治維新以後、四〇年あまりで、朝鮮を侵略し、朝鮮を踏み台にして「世界の大国」になりましたが、その後、日清戦争から数えてもわずか五〇年で太平洋戦争の敗戦をむかえています。他民族をふみにじっての自国の安全はない、ということを、日本人は百年前の歴史に遡って考えるべきではないでしょうか、という問いかけです。

私は権五琦さんに会ったことはありませんので、この権五琦さんの問いかけの中身は私の想像にすぎません。しかし、在日の韓国・朝鮮人の友人、また韓国の研究者たちと話をしていて感じることから言って、「一九九五年」という節目の年について意見を聞けば、当然こんなことを日本人に問いかけてくるのではないかと思うのです。

## 2　明治初期の「征韓論批判」とロシアの朝鮮観

### ❖司馬遼太郎は「日露戦争＝祖国防衛戦争」というが

司馬遼太郎は『坂の上の雲』で、朝鮮半島を日本以外の第三国（とりわけロシア）が支配したら、日本の安全は保てない、しかも、朝鮮には自主的に自分の国をまもる力がない、だから日本が朝鮮の「独立」のために、朝鮮をうかがう外国の勢力を排除するためにたたかうのだ、日露戦争はロシアの脅威から日本の安全をまもるための「祖国防衛戦争」だったと、くりかえし述べています。

こういう議論は、幕末以来、日本ではさまざまな人によって、また新聞などでもしょっちゅう主張されてきたものです。日露戦争当時、そう思っていた日本人もたくさんいたことは事実です。

しかし、こういう議論には、二つの問題点があります。それを問いたださなければなりません。

第一は、日本が朝鮮を勢力下におかないと、朝鮮は外国の支配のもとにおかれてしまう、とくに日露戦争当時、ロシアは朝鮮を自分の植民地にしようとしていた——というのは、ホントなのか、という問題です。これはロシアの東アジア政策の研究にもとづいて明らかにされる必要があります。

第二は、ロシアが朝鮮を支配しないようにするために、先手をうって、日本が朝鮮を征服してしまおうという議論です。こんな主張がはたしてうまくいくのか、現実的な政策として妥当性があるのか、ということを問わなければなりません。この道がはたして妥当であったのかどうかは、幕末の吉田松陰らから始まって、明治初年の「征韓論」、そして江華島事件をひきおこした日本のおもわく、そして実際に一九一〇年の「韓国併合」、さらに一九四五年の日本の敗戦にいたる道について、いいかえれば明治日本の朝鮮政策とその実行の歴史にさかのぼっての全面的な問いかけが必要です。

ここでは第二の問題を先に見ておくことにします。

### ❖田山正中《たやませいちゅう》の「征韓論批判」

幕末からの意見としてあった「征韓論」が、明治になって政府の政策として実行されるようになってきます。ところが、明治のはじめごろには、この「征韓論」を真っ向から批判する意見もありました。

『明治文化全集・第二四巻・雑史編』（明治文化研究会編、日本評論社、一九二九年。一九九三年復刻）に収録されている『征韓評論』という文集があります。明治のはじめ政府の命令で朝鮮に派遣されていた佐田白茅《さだはくぼう》が編集、一八七五（明治八）年に刊行しています。佐田は自分のはげしい「征韓」の主張を、この文集のはじめに置いています。したがってこの文集の多くは「征韓」を主張したものですが、なかには「征韓論批判」の文章もあります。

田山正中という人の意見がそれです。「征韓論」を五つの点で批判しています。私は日本の近代史の中でこれだけ系統的に「征韓論」、「朝鮮征服論」を批判した文章を知りません。田山正中という人がどこに住んでいたのか、どんな経歴の人だったのか、前々から知りたいと思っていますが、まだわかりません。どういう状況のもとで、この文章を書いたのかがわかれば、この批判の意味ももっと鮮明になると思うのですが、いまのところ残念ながらよくわかっていません。今後の課題にしたいと思います。

しかし、これだけの「征韓論批判」を展開したのですから、相当の知識と見識をもっていた人に違いありません。

とくに、批判の第二の論点は見事です。その部分をわかりやすい言葉になおして紹介しましょう。

第二。日本が朝鮮を自分のものとし、そこを足場にしてロシアを防ごうというものがある。しかしこれは「戦《いくさ》の道」（戦争の仕方）を知らないもののいうことだ。日本が朝鮮を攻略することはあるいはできるかもしれない。しかしたとえそうできたところで、朝鮮の人心がわずかの時日でどうして日本になびき従うことになるだろうか。そんなことはありえない。むしろ朝鮮を占領した日本は、まわりは全部敵という状態になる。それなのにさらにまた他の強敵（この場合はロシア）を防ごうとしても、そんなことはできることではない。

もう一点、最後の第五の主張を紹介しておきます。

第五。朝鮮にことを起こして、人心をふるいたたせ、日本の文明を進めようというものがいる。もっともな言い分のようだが、朝鮮に出ていってこれを試みるというのは、考え違いもはなはだしい。前にもいったが、目前の強敵を避けるのは卑怯である。なにも問題のない弱国を伐《う》つのは不義である。それだけではない。ことさらに事件を起こし、彼我《ひが》の人命を犠牲にし、金銭や穀物を使い、その費やす財貨は、ことごとく外国のずるがしこい商人の手に入り、われわれの苦しみはただわるがしこい商人を助けるだけではないか。朝鮮の人心はあつく信義を好みかたく条理を守り、気質はアジアの国々で最も美しいと聞いている。いまだかつて外国のわるがしこい誘いに応ぜず、すぐれた品性の変わらない美人に似ているというではないか。美人は常に人に愛される。にもかかわらず、どうしてこの国がひどい目にあわされるのか。ああ、嘆き悲しむ。

私は日本の近代史にこういう主張があったことを大いに誇りに思います。はげしい「征韓論者」であったこの文集の編者であった佐田白茅も、とりあげざるを得なかった主張ですから、ただ田山正中だけでなく、明治初年のこのころには、まだかなりの程度、世間でも聞かれた主張だったといえるかもしれません。

朝鮮から日本が攻撃されているわけでもないのに、ロシアを避けるために朝鮮を伐つのは不義だというのですが、私はこの田山正中の主張で一番すぐれていて、現在、私たちがもっとも胸に問わないといけないのは、第二の主張だと思います。

日本が朝鮮を攻略することはできるかもしれない、しかし、かりにそうできたところで、朝鮮の人心が日本になびき、朝鮮人が日本につきしたがうということはあり得るだろうか。そんなことはあり得ない。むしろ「まわりは全部、日本の敵」になってしまう。抗日の動きがかならずあらわれる。

こういっているのです。これは、朝鮮の民族的自主性を見そこなってきた明治以後、そして今日にいたるまでの日本人にとって、いちばん耳をかたむけなければならない主張ではないか、と思っています。

日清戦争以後、そして日露戦争、「韓国併合」以後、まさにこの田山正中の主張のように、日本と朝鮮の関係は動いていったのではないでしょうか。

### ❖ロシアが朝鮮を乗っ取るというのはホントだったのか?

いや、そうはいっても田山正中の意見は「理想論」だ、現実はもっときびしいよ、ロシアというのは世界の大国で、なにをするかわからない専制国家なんだから、という反論も当然あるでしょう。

ロシアが朝鮮をどうしようとしていたか。ソ連邦が崩壊した後、ロシア政府の公文書の公開も進んでいると聞きます。日本の歴史学界でも、直接、ロシアの文献、第一次史料を蒐集、検討する研究者がぜひあらわれてほしいと願っています。

ロシアだけではありません。イギリス、アメリカなどの公文書もよく検討して、『世界の中の「韓国併合」』というような研究が、日本人の歴史感覚・歴史認識を豊かなものにするために、ぜひ必要だと思います。若い研究者の活躍を心から期待しています。

ここでは、既成の研究によって、「ロシアが朝鮮を乗っ取ってしまう、日露戦争は日本の防衛戦争だった、もし負けていたら、日本もロシアの植民地になっていた」、司馬遼太郎が『坂の上の雲』でくりかえし書いたことはホントなのか、を考えてみます。

結論を先に言っておきます。答えは「否、ノー」です。

ロシアが東アジアにどういう政策をとっていたかを考える前に、国家間の国際政治というのはきわめて複雑なものだということを、私たちはもっとしっかり認識しておく必要があると思います。政治家が市民を煽動して一定の方向に誘導しようとしたり、またマスコミが無批判にそれに追随するとき、まま、用いられる手口は、アレか、コレか、そのどっちかしかない、という問題のたてかたです。こういう手にのってしまうことは、私たちの現在の日常でもきわめて危ない傾向であることを、よくわきまえておきたいものです。

### ❖日清戦争当時、ロシアは朝鮮をどう見ていたか

徳川幕府の下、大名が分散支配していた江戸時代の制度を改革し、幕府を倒して日本全体を統一的に支配する中央集権的な国家体制をつくって二〇余年。この日本をどのようにして欧米列強と対等の地位におしあげるのか、日清戦争はまさにその好機でした。

陸奥宗光外務大臣は首相の伊藤博文と緊密に協力しつつ、当時の主に国際的な歴史的条件をたくみに利用し、その好機を現実化するのに辣腕を振るったのです。

その国際的な条件の一つは、東アジアをめぐる列強、とりわけイギリスとロシアの対立でした。

当時、日本がこれから攻めていこうとしていた朝鮮や中国は、まだ特定の帝国主義国の支配下におかれているという情況ではありませんでした。それでいて、列強による世界分割の最後の地域として、この地域が注目されつつある時期でもあったのです。

日本は、明治のはじめから朝鮮を自国の勢力下におくことを対外政策の一つの柱としており、すでに一八七六（明治九）年、朝鮮にたいして一方的に不平等な修好条規をおしつけていました。

しかし、この日本の朝鮮政策は、一つには朝鮮官民のなかに反日の動きをつくりだし、もう一つは朝鮮に対して宗主国であることを主張する清国との対立を年とともにつのらせることになりました。

こうした日清両国の対立に加え、イギリス・ロシアの対立が朝鮮にもおよんできます。

一八八五（明治一八）年、イギリスは朝鮮の南海岸と済州島《チェジュド》との間にある巨文島《コムンド》を占領する事件をひきおこします。また一八九一（明治二四）年には、ロシアがシベリア鉄道を起工し、東進の準備をすすめることになります。

こういう情況が進むにつれ、日本では当時から今日に至るまで、ロシアに対する過剰ともいえる警戒の念が高まるのですが、日清戦争前においても、当時のロシアの朝鮮政策について、正確な判断が下されていたかというと、それははなはだ疑問です。

日清戦争前後の朝鮮をめぐる清国・ロシア・イギリスの関係は、一般に日本で理解されているよりも複雑であり、その実態については、佐々木揚さん（佐賀大学教授）による克明な研究があります（①「日清戦争前の朝鮮をめぐる露清関係」、佐賀大学教育学部『研究論文集』第28集、第1号（Ⅰ）一九八〇年。②「イギリス極東政策と日清開戦」、同29集、第1号（Ⅰ）一九八一年。③「ロシア極東政策と日清開戦」、同第30集、第1号（Ⅰ）、一九八二年）。

佐々木さんの詳細な研究を要約することは容易ではありません。興味のある読者は直接、佐々木さんの論文を味読されることを期待します。

佐々木さんの清国・ロシア・イギリス各国の史料にもとづく詳細な研究の結果明らかにされたことは、巨文島事件後のロシアの対朝鮮政策は、日本で普通考えられているように、ロシアが朝鮮を侵略し、それを支配下に置こうというようなものではなかったということです。ロシアには、朝鮮が清国または日本の手中におちいるとすれば、ロシアのウスリー州に重大な脅威となりうるとの認識はあったにしても、大局的には、朝鮮は経済的には貧しく、軍事的には長い海岸線のゆえに防衛困難であり、外交的には朝鮮侵略はイギリス・清との決裂をもたらし、それ故に「朝鮮獲得はロシアに何の利益も約束せぬばかりか、必ずや非常に不利な結果を招来しよう」（一八八八年五月、ペテルブルグで開催されたロシア政府の極東問題特別会議が作成した覚書。佐々木論文、①、四二ページ）——という認識が、ロシアの朝鮮政策の基礎にあったということです。

しかし、日清戦争による日本の勝利は、東アジアの情況に劇的な変化を引き起こします。佐々木さんの右の論文のまとめともいうべき論文③の、最後の部分を紹介しておきます。

　しかしながら、清国ではなく日本が朝鮮の現状を破壊するかもしれぬという可能性があることは、（日清戦争）開戦当時からロシア政府当局者もこれを認めていた。そして日清戦争が日本の勝利のうちに展開するにつれて、この可能性は愈々現実性を増すとともに、他方、日本が戦線を清国領土に拡大し、一八九五年四月下関講和会議において遼東半島の割譲を要求するに至るや、極東問題とは第一義的に朝鮮問題であるというロシアの極東政策の前提は完全に崩壊し、極東問題は目前に迫った清国分割をめぐる問題に変貌したことが明らかとなるのである。ここにおいてロシア政府は、日清開戦以来不安定要因をはらみながらも継続していた極東問題についての英露協調がイギリスが日本の講和条件を黙認したことによって崩れるという状況の急変をふまえて、遼東半島割譲を阻止するか、或いはそれを容認してロシアもそれに見合う何らかの代償を清国の犠牲において獲得するか、という選択を迫られることになる。そして周知の如くロシアは前者の道を選び、三国干渉が実現する……。（佐々木論文、③、六九ページ）

### ❖日露戦争前後、ロシアは朝鮮をどう見ていたか

以上が、日清戦争終結当時のロシアの朝鮮認識です。日露戦争前はどうだったのでしょう。これについては、和田春樹さんがソ連の歴史家、ボリス・朴『ロシアと朝鮮』（一九七九年）の研究を紹介しています（和田春樹『北の友へ南の友へ』お茶の水書房、一九八七年所収。元の論文は「韓国情勢と私たち」『世界』一九八七年三月）。

だいぶ長くなりますが、要約しながら紹介しておきます。

ロシアの朝鮮に対する進出は、一八九六年の高宗《コジョン》が前年の日本による王妃殺害のような危険から身を守るためロシア大使館に入った（露館播遷《ろかんはせん》）当時、もっとも著しかったが、一八九七年五月、ソウルへ赴任する大使にロシア外務省が送った訓令には、「朝鮮でのロシアの影響力の強化は、極東でロシアが解決しなければならない課題のうち最重要のものではない。弱く、貧しい朝鮮でロシアがかりに排他的に優勢を保ったとしても、その利益は日本との関係の尖鋭化がもたらす害と釣合わない」と述べられていた。ロシアは朝鮮において日本との協調、旅順、大連の租借を求める路線を推進し、西＝ローゼン協定（一八九八＝明治三一年）で、日本の朝鮮における経済的優越性をみとめるにいたった。九九年のロシアの馬山浦租借の試みも朝鮮を南まで支配しようというよりヴラヂヴォストークと旅順の間の連絡路の安全を確保しようというものであった。

かねてから山師的人物がすすめていたロシア極東林業会社が皇帝の支持をえて日本を刺激することをも辞さぬ冒険的な積極策がにわかに台頭したかにみえたが、これは短命だった。

この間日本とロシアの間に、朝鮮にかんする緊迫した文書のやりとりが行なわれていた。双方に多少の譲歩はなされたが、ロシアは、満州を確保した上で、朝鮮の北部（三九度線以北）を中立地帯とすることを主張し、日本は満州のロシア支配をみとめるから全朝鮮に対しては日本の独占権をみとめよと主張した。両論の対立の中で日本は戦争を決断していった。高宗は一九〇五年一月日露の対立において朝鮮は中立を守るとの宣言を発した。ロシア大使への説明で、この真意は日本による中立侵犯を理由に、日露開戦のさいはロシアの同盟国となると宣言することにあると述べている。この朝鮮の中立宣言をロシアはみとめたが、日本はみとめなかった。

開戦とともに朝鮮は日本軍に占領され、日韓議定書をおしつけられた高宗は、五月にはロシアとの一切の条約を破棄する勅令を出すことを強いられた。日本が勝てば、朝鮮の運命は明らかであったから、高宗だけでなく、ロシアの勝利を願う者が出たのは当然である。当然にこの人々はバルト海艦隊の到着に大きな期待をかけていたが、この期待が海の藻くずと消えたあと、一九〇五年六月、高宗はニコライ二世に対して次のような手紙をさし出した。「ロシアがつねに朝鮮の独立を支持してきたことは全世界が知っている。いま当面する講和締結の時に、私はわが国の地位が陛下の強力なお助けによってのみ救われると確信している」。

ポーツマス講和会議でウィッテは「日本国全権委員ハ日本国ガ将来韓国ニ於テ執《と》ルコトヲ必要ト認ムル措置ニシテ同国ノ主権ヲ侵害スベキモノハ韓国政府ト合意ノ上之《これ》ヲ執ルベキコトヲ茲《ここ》ニ声明ス」という一句を会議録に入れることで妥協せざるをえなかった。しかし、ウィッテとしては、これは最後の一線で朝鮮の独立を守ったものであった。彼の帰国報告をうけたロシアの大臣協議会は「朝鮮の独立はこの条約によって廃絶されていず、従来通り帝国政府とみとめられる」との結論を出している。

日韓併合への過程が条約の形式をとったのは、法的には、このポーツマス条約の会議録における日本側声明に基づいているとみることができる。

帝国主義の一角をなしたロシアはもとより朝鮮人の自由の友ではまったくなかった。ただ自分で朝鮮をとる力をもたないが故に、日本が朝鮮をとらなければ、それでよしとしたのである。したがって日本がとらなければ、ロシアが朝鮮をとっただろうという主張は、歴史的にみて正しくない。（和田春樹、同右、一八二～一八六ページ、参照）

また、第二次大戦後の日本で日露戦争史の実証的研究をリードしてきた大江志乃夫さんは、最近、「必要のなかった日露戦争」という文章を発表しています（小森陽一・成田龍一編著『日露戦争スタディーズ』紀伊國屋書店、二〇〇四年、所収）。

その要点を紹介しておきます。

遼東半島の旅順・大連地区の租借と一九〇〇（明治三三）年の義和団戦争が情勢を一変させた。ロシア皇帝周辺の側近グループがこれを機会に満州全土を占領し、皇帝をかついで韓国の利権拡大を画策しはじめた。当時、ヨーロッパではドイツの鉄道建設がめざましく、いざ軍事動員という場合、ロシアはドイツに対抗する力がなかった。ヴィッテ、クロパトキン陸相、ラムズドルフ外相らはこのことを案じて、日本との軍事的対決を絶対に避けるべきだと主張し、ヴィッテは満州全土からの撤退とシベリア鉄道の民営化、クロパトキンはハルビン以南からの撤退・ハルビン以南の鉄道売却と旅順・大連地区の清国への返還を主張し、皇帝は韓国全土を日本の勢力圏と承認することを認めた。ロシア皇帝とその政府の最大の失敗は、皇帝側近の極東利権主義者たちの画策の成功の結果、旅順に極東大守という植民地総督なみの職を設置し、極東の陸海軍の指揮権・行政の全権のみならず、極東諸国との外交権まで大守にあたえてしまったことであった。こうして、ロシア皇帝の韓国を日本の勢力圏として承認するという勅命も、満州の大部分からロシアの政府も軍も手を引くという提案も、日本の政府に伝えられることなく、日本は主観的な危機感だけから、あの大戦争を決定し、実行に移してしまった。明瞭な事実をいうと、日露戦争開戦前、ロシアは韓国侵略の意図をまったくもたず、むしろ南満州からの全面撤退をしてでも日本との戦争を回避したかったのである。それは急速に高まりつつあるヨーロッパ情勢の緊張のためであった。クロパトキンが命じられていた戦時職務はオーストリア戦線方面最高司令官であって、満州軍総司令官ではなかったし、ロシア陸軍は対日戦争の準備も研究もしていなかった。（同右、二〇〜二一ページ、参照）

日露戦争から百年を経過した近年の研究ではどうでしょうか。稲葉千晴さんの「世界から見た日露戦争」（『歴史評論』七一一号、二〇〇九年七月号）によれば、「最近のロシア史からのアプローチで、日露戦争前夜、ロシアは日本との戦争を回避するため、朝鮮半島の利権を放棄する提案をしたことが明らかとなった」とのべて、つぎの二つの研究をあげています。

加納格「ロシア帝国と日露戦争への道—一九〇三年から開戦前夜を中心に」(『法政大学文学部紀要』第五三号、二〇〇六年)、和田春樹「日露戦争—開戦にいたるロシアの動き」(『ロシア史研究』第七八号、二〇〇六年)の二つです。参考までに紹介しておきます。

### ❖江華島事件の「雲揚《うんよう》」艦長、井上良馨《よしか》の朝鮮観

一方、「日本の防衛を完全にするには、日本が朝鮮を独占的に占有することだ、他国が朝鮮に対して指を触れることも許さない」、参謀本部の対ロシア作戦計画(一九〇三=明治三六年一二月)には、こう述べられていたことは、前章でみたとおりです。

司馬遼太郎が『坂の上の雲』でくりかえし書いているとおり、明治の日本では、朝鮮を日本が支配しなければ、他国にとられてしまう、そうならないためにはやく日本から朝鮮を攻めるべきだ、という主張は、明治のはじめからありました。

その代表的な人物の一人が江華島事件の主役、井上良馨です。

明治政府ができてから、日本が朝鮮に実弾をうちこんだ最初の事件、それは一八七五(明治八)年の九月に、日本の軍艦「雲揚」が、朝鮮国首都の表玄関にあたる江華島を砲

撃したのが最初です。その「雲揚」の艦長は薩摩藩（鹿児島県）出身の井上良馨です（当時は海軍少佐、のちに軍人として最高位である元帥にまでなりました）。彼は同じこの「雲揚」をひきいて、江華島事件に先立ち、朝鮮の東海岸を偵察しています。そして長崎に帰ってきて、海軍の中央にあて意見書を書きました。原文は、防衛省防衛研究所図書館《請求記号「④艦艇139」》に綴じられている「八年七月雲揚艦長井上良馨報告書」です。鈴木淳さん（東京大学文学部）が『史学雑誌』二〇〇二年一二月号に史料紹介しました。拙著『現代日本の歴史認識』（高文研、二〇〇七年）にも全文紹介しています。

その海軍の中央にあてた井上の意見書を、ここではわかりやすく意訳して紹介します。

朝鮮はわが国にとても必要な土地です。……このように朝鮮が非礼な時はかならずほかの国が攻めてくるでしょう。他国が朝鮮を攻めるときは、わずかの日数でその国が（朝鮮を）占領してしまうにちがいありません。朝鮮をもし他国が領有するときは、日本は発展できません。……朝鮮を日本が領有するときはますます日本は国の基礎が強くなり、世界に飛雄する第一歩になります。……日本の強弱は、朝鮮を日本が領地として自分のものにするかどうか、この一挙（この行動）にかかっていると考えないわけにはいきません。

このたびは朝鮮を攻めるのに正当な理由は充分あります。実に好いチャンスです。そのうえ朝鮮ではいま国内では一揆（農民騒擾）が起こり、そのほかにも国が乱れているようです。これは天がわれわれに与えてくれたチャンスです。もしこの天が与えたチャンスをはずしてしまい朝鮮を討たないときは、後々悔やむことになるかもしれません。

ただ、私が恐れるのは、日本人には朝鮮は強い国で攻めるのに容易ではないと思われているのではないかということです。決して強い国ではありません。私がみずから実際に見てきたところですが、東海岸には軍備は少しもありません。西海岸には少々あると言いますが、もとより古い大砲でこれを気にかける必要はありません。また兵士が弱いのはいろいろ事実をあげて申し上げた通りです。

そのほか朝鮮国内の事情を探ってみますに、政治がひどくて人民は大いに苦しんでおり、支配者を怨んでいるようです。このようになにひとつ恐れることはありません。決して強くないことは確かです。

その上、わが国と距離も近くて、したがって万事運送の便もよろしい。だから昨年の台湾出兵の事件より、かえってことは手軽で、必要な経費も少ないだろうと見られます。

どうか右に述べましたような朝鮮国内が乱れている、このチャンスを深く見抜いて、ぜひ早くご出兵になることを希望します。今後、本艦（雲揚艦）がどう動けばよいか、お伺いするために、六月三〇日〇時一五分釜山を出て、七月一日午後一時五五分長崎に帰ってきました。ただ夜も昼もいつも出兵のご指令を待つだけです。

江華島事件に先立つ二カ月前、一八七五（明治八）年の七月、朝鮮の東海岸を偵察して帰国、長崎に碇泊していた雲揚の艦長、海軍少佐井上良馨が海軍の中央の「艦隊指揮」にあてた意見書です。

包み隠すことをせずきわめて率直に、朝鮮と戦争をして、日本の領土にしてしまうことを訴えたものです。

この主張を知った上で――その主張が当時の日本政府の統一的な意志となっていたとは言いませんが、少なくとも海軍の中央は承知した上で――井上良馨に朝鮮の西海岸への出動を命じたのです。江華島事件はその結果起こりました。

日本では、江華島事件は日本の軍艦が飲み水を求めて島に近づいたら朝鮮側から撃たれたのがきっかけで起こった、事件は偶発的なものだ、というのが通説です。しかし、右に紹介した井上良馨の意見書は、いまもってまかり通っているこんな日本の通説・常識を、ほかならぬ雲揚艦長、井上良馨自身が書いた文書によって、木っ端みじんに粉砕してしまっているのではありませんか。（事実、事件後に帰国した井上は、海軍中央にあてた第一報告書で、日本側から挑発して朝鮮側の砲撃をさそい、交戦に持ち込んで相手側を粉砕、多くの掠奪品を持ち帰ったと書いています。詳しくは拙著『現代日本の歴史認識』をご覧ください。）

日清戦争で日本軍最初の武力行使は朝鮮の王宮占領でしたが、これも偶然の衝突にすぎなかったと公刊戦史は書いていました。それが、ほかでもない参謀本部がつくった戦史の草案の詳細な記述でウソだということがわかったのと同じです。本書の第Ⅲ章、九三〜一〇四ページをもう一度ご参照ください。

## 3　事実を知る、認める——その勇気を持ちたい

## ❖「少年の国」、そのいじらしさという『坂の上の雲』

『坂の上の雲』につぎのような文章があります。前にも引用しましたが、もう一度引用します。

この時代の日本人ほど、国際社会というものに対していじらしい民族は世界史上なかったであろう。十数年前に近代国家を誕生させ国際社会の仲間入りをしたが、欧米の各国がこのアジアの新国家を目《もく》して野蛮国とみることを異常におそれた。さらには幕末からつづいている不平等条約を改正してもらうにはことさらに文明国であることを誇示せねばならなかった。文明というのは国家として国際信義と国際法をまもることだと思い、その意思統一のもとに、陸海軍の士官養成学校ではいかなる国のそれよりも国際法学習に多くの時間を割《さ》かせた。（文春文庫〈一〉二二六ページ）

こういう話は、国際法の学界はもとより、日本で一般的によく言われることです。前に紹介した日露戦争のころには、武士道の倫理が生きていた、というような話も、同列のものです。

ＮＨＫスペシャルドラマ「坂の上の雲」では、第一回が「少年の国」で、その解説によれば、

二六〇年続いた幕藩体制を倒して、日本には「明治」近代国家が誕生した。その国は、帝国主義まっただ中の西欧列強という「大人」たちに囲まれた「少年の国」であった。……

と書かれています。

ここでおもしろい史料を紹介しましょう。日本の軍事史に詳しい斉藤聖二さん（茨城キリスト教大学文学部）が、防衛省防衛研究所図書館で見つけて、私に教えてくれたものです。

電信案（暗号）

敵艦ヲ欺《あざむ》ク為メ中立国ノ旗章ヲ掲《かかげ》テ進航シ急ニ我《わが》軍艦旗ニ引換《ひきかえ》ヘ砲撃ヲ始ムルハ

今猶《なお》国際上是認シ居ルヨシ注意迄申送ル
明治廿七年七月廿二日　　主事
鮫島参謀長宛
（防衛省防衛研究所図書館所蔵「明治二十七年　二十七八年戦時書類巻一」⑪日清戦書M27-1-121、所収）

いよいよ日清戦争をはじめるという直前に（豊島沖海戦は七月二五日でした）、海軍省の主事、山本権兵衛から常備艦隊参謀長にあてた電報の案文です。
本文をわかりやすく意訳しておきましょう。

敵の軍艦をあざむくために中立国の旗をかかげてすすみ、折りを見て自国の軍艦旗に取り換え砲撃を開始するというのは、いまもなお国際法の上では認められているとのことである。注意までに申し送る。

### ❖敵艦をあざむく「奇計」の指示

これは戦時国際法にいうところの「奇計」なのです。

山本権兵衛主事が開戦直前に、この電報を打ったのは、敵の軍艦もその手を使うかもしれないから、注意しろ、ということであったのかもしれません。しかし、国際法上、いまでも認められているのだと、わざわざ電報を打ったのですから、日本の軍艦もこの手が使えるぞ、という日本海軍中央の意志を含んでいたのも当然のことです。

防衛研究所図書館には、日清戦争当時の日本海軍のマル秘の戦史『秘廿七八年海戦史』があります。私は日清戦争のときの威海衛《いかいえい》の戦いを調べるために、このマル秘海戦史の第四篇／山東役を読んだことがあります。

そのとき山東半島に陸軍を上陸させるのにどこが適当か、事前に軍艦を派遣して偵察した記事がありました。詳しくは、拙著『歴史家の仕事』（高文研、二〇〇〇年）を見てください。

それによりますと、「われわれの偵察行動を敵が察知しないように、とくに外国の軍艦旗をかかげた。一二月八日と九日はアメリカの軍艦旗、翌日一〇日はイギリスの軍艦旗をかかげること」（「我偵察ヲシテ敵ニ覚知セサ《ざ》ラシメムカ為《が》メ、特ニ外国軍艦旗ヲ掲揚ス、即《すなわ》チ十二月八日ト九日ハ米国軍艦旗、翌十日ハ英国軍艦旗ヲ掲《ぐ》クル事」）とあり、そのほかにも実際にイギリスの軍艦旗をかかげて行動した記事がありました。読んだときはビックリしましたね。「国際法違反！」と思って疑わなかったからです。しかし、国際法の専門家である松井芳郎さん（当時、名古屋大学法学部）を訪ねて質問しましたら、即座にそれは「奇計」といってそのころの戦時国際法では「合法だったのだ」ということを教えてもらいました。

山本権兵衛が指示した「奇計」は、実戦で実行されていたことが、日本海軍の記録で確認されたわけです。

## ❖歴史を美化せず、事実を事実として

私はここで戦時国際法について議論するつもりはありません。ただ、右の山本権兵衛の電報（案文）を文字通り読むと、ここまで突っ込んでの戦時国際法の知識は、日本海軍の幹部養成の中では教えられていなかったということになります。海軍省の主事であった山本権兵衛も、日清戦争開戦を前にして、おそらくお雇い外国人からの忠告として聞き、実戦部隊に通告したということなのでしょう。

こういう「海賊的な交戦規定」も含んだ「先進欧米諸国」間の戦時国際法を、おくれて

この世界に追いつこうとした日本は、中国を相手にする戦争と、朝鮮での国際的には公言できない武力行使や抗日をたたかう民衆の武力弾圧などの戦闘を重ねながら、身につけ実践してわがものにしていったのでしょう。

この山本の電報といい、山東半島上陸地の偵察行動といい、「先進欧米諸国」間でおこなわれていた戦時国際法の実践的理解は、日本軍の日清戦争遂行を通じて一段と深まったことは間違いありません。

これが、おくれて列強の仲間に入ろうとしていた明治日本の姿でもありました。それを「列強という大人」に囲まれた、あたかもうぶであどけない子どものように描きだすのは自己欺瞞以外の何ものでもありません。

まして、前節で紹介したように、江華島事件を引き起こす直前の、雲揚艦長、井上良馨の朝鮮攻撃の主張も現にあったのです。しかも、それを実践し、首都ソウルの海の玄関口にあたる江華島のせまい水道に侵入し、三日間にわたり砲撃、上陸、殺害、略奪行為をあえてし、これを「飲料水」を求めて行ったのに「不法に攻撃されたことへの反撃」だと正当化したのです。「戦史の偽造」の第一号でした。

第Ⅲ章で書いた「日清戦争の三つのキイ」は、この「海賊的な交戦規定」を含む戦時国際法をもってしても、正当化できなかったのです。国際社会はもとより、自国民にたいしても公表できないことを、日本政府や日本軍はやっていたのです。

「明治の栄光」は「日本の武士道の発揮された時代」という話は、いまでもよく聞く話です。それだけではありません。日本のマスコミは、なにかというと「日本人は武士道の体現者」であるかのようなフレーズを使いたがりますね。過日のＷＢＣで活躍した「ＪＡＰＡＮ」のチームを「サムライＪＡＰＡＮ」とマスコミはよびました。なにかにつけて日本人は「武士道」の精神を、だれでもが身につけているかのように人びとに思いこませる手法です。

この手法も、今日の時点から「明治の栄光」をたえず日本人に刷り込むための一つの手段なのかもしれません。しかし、日本人には「快感」であっても、韓国・朝鮮はもとより、アジアでは特に、そして世界でもきちんと過去を見て現在を判断している人たちには、とても通じる話ではありません。

## 4　歴史研究と国家権力

### ❖司馬遼太郎の歴史科学攻撃

私が『日清戦争の研究』を青木書店から出版したのは、一九六八（昭和四三）年三月のことでした。司馬遼太郎の『坂の上の雲』が『サンケイ新聞』夕刊に連載される（同年の四月二二日から）直前のことでした。

司馬が小著を読んだかどうかわかりません。日清戦争研究には類書がまだ少なかった当時のことですから、読んだかもしれません。

それはともかく、『坂の上の雲』には、私の主張なども含めて、一九四五年の日本の敗戦以後、新しく登場した日本近代史の批判的研究に、はげしい非難が書かれています。

以下は文春文庫版の第二巻（一九七八年第一刷）二六〜二七ページからの引用です。

日清戦争とは、なにか。

「日清戦争は、天皇制日本の帝国主義による最初の植民地獲得戦争である」

という定義が、第二次世界大戦のあと、この国のいわゆる進歩的学者たちのあいだで相当の市民権をもって通用した。

あるいは、

「朝鮮と中国に対し、長期に準備された天皇制国家の侵略政策の結末である」

ともいわれる。というような定義があるかとおもえば、積極的に日本の立場をみとめようとする意見もある。

「清国は朝鮮を多年、属国視していた。さらに北方のロシアは、朝鮮に対し、野心を示しつつあった。日本はこれに対し、自国の安全という立場から朝鮮の中立を保ち、中立をたもつために朝鮮における日清の勢力均衡をはかろうとした。が、清国は暴慢であくまでも朝鮮に対するおのれの宗主権を固執しようとしたため、日本は武力に訴えてそれをみごとに排除した」

前者にあっては日本はあくまでも奸悪な、悪のみに専念する犯罪者のすがたであり、後者にあってはこれとはうってかわり、英姿さっそうと白馬にまたがる正義の騎士のようである。国家像や人間像を悪玉か善玉かという、その両極端でしかとらえられないというのは、いまの歴史科学のぬきさしならぬ不自由さであり、その点のみからいえば、歴史科学は近代精神をよりすくなくしかもっていないか、もとうにも持ちえない重要な欠陥が、宿命としてあるようにもおもえる。

他の科学に、悪玉か善玉かというようなわけかたはない。たとえば水素は悪玉で酸素は善玉であるというようなことはないであろう。そういうことは絶対にないという場所ではじめて科学というものが成立するのだが、ある種の歴史科学の不幸は、むしろ逆に悪玉と善玉とわける地点から成立してゆくというところにある。

日清戦争とはなにか。

その定義づけを、この物語においてはそれをせねばならぬ必要が、わずかしかない。そのわずかな必要のために言うとすれば、善でも悪でもなく、人類の歴史のなかにおける日本という国家の成長の度あいの問題としてこのことを考えてゆかねばならない。

ときに、日本は十九世紀にある。

列強はたがいに国家的利己心のみでうごき世界史はいわゆる帝国主義のエネルギーでうごいている。

日本という国は、そういう列強をモデルにして、この時点から二十数年前に国家として誕生した。

この司馬遼太郎の主張には、重大なごまかしがあります。「事実」の問題です。科学は、事実を事実として認めるところから出発します。事実を抜きに科学は成立しません。それなのに司馬は、この最も重要な「事実」探求の問題を素通りして、勝手に善玉・悪玉論なるものを作り出し、戦後の歴史科学、歴史研究を非難しているのです。

歴史学が科学として成り立つには、事実探求の自由が絶対に必要です。

国家の権力（一九四五年の敗戦前の近代日本でいえば、天皇を頂点にした国家の官僚――文官であろうと軍人であろうと、また帝国大学の教授から村々の小学校の教師、村の駐在所の巡査まで、天皇絶対の国家のために仕えたすべての役人・教師もふくめて）は、その権力の利益のために、過去をねじまげ、事実をかくすことを平気でしてきました。明治以後のそれが具体的にどのようにおこなわれたか、私はこの本でもかなり紹介しました。

こうした状況の中で、過去の事実を探し出し、それを市民のまえに明らかにし、市民一人ひとりが、過去の歴史から未来を見通すために力をかすことは、歴史を研究しているもののの社会的な責任です。

天皇絶対の大日本帝国の時代、かくされていた過去の事実が、国民主権の日本国憲法のもとで、だんだん明らかになってきたのです。それを探しだし世の中に広く知ってもらうために文章を書いて発表することも、敗戦によってはじめて自由にできるようになりました。

## ❖「真理がわれらを自由にする」

第二次大戦での敗戦からまだ三年後の一九四八（昭和二三）年に制定された国立国会図書館法の前文には、「国立国会図書館は、真理がわれらを自由にするという確信に立って、憲法の誓約する日本の民主化と世界平和とに寄与することを使命として、ここに設立される」と書かれています。

「真理がわれらを自由にする」――その核心部分が、国立国会図書館東京本館の目録ホールの壁に刻まれています。日本国憲法制定当時の憲法担当国務大臣であり、この図書館の初代館長にもなった金森徳次郎の筆跡です。

天皇絶対の大日本帝国の時代、日本はなにをしたのか、その第一次史料が公開された貴重な場所も国立国会図書館に新設されました。憲政資料室です。陸奥宗光の孫、陸奥陽之助さんが戦火から守りぬき、戦後、国会図書館に譲渡され、公開された「陸奥宗光関係文書」も「日本帝国」の素顔が見えてくる貴重な文書群のひとつでした。

それまでかくされていた事実がその文書からつぎつぎと明らかになったとき、それまでのドグマがこわされ、新しい照明のもとに過去が照らしだされ、これから生きていく上でのかずかずの教訓を人びとは得ることができます。動かすことのできない過去の事実が、過去の呪縛をとりはらい、人びとを自由にしたのです。

第二次大戦後の日本近代史の研究は、この憲政資料室に大きく依拠しながらすすめられてきたといっても過言ではありません。

### ❖一貫して朝鮮敵視の政策をとった明治の日本

しかしそれでも、朝鮮観については、明治以来つくられてきた見方が根底から変わったとはいえません。日本の国家政策としてすすめられてきた朝鮮敵視政策が、政治・経済・

文化全般にわたって、それほど深く広く日本人の間に浸透していたということです。一例をあげます。

一八八三（明治一六）年、日本ではじめて人物像のはいった紙幣が発行されました。その人物が「神功皇后《じんぐうこうごう》」だったことはきわめて象徴的なことです。「神功皇后」といえば、神のお告げで朝鮮を攻め、新羅《しらぎ》を降伏させ、百済《くだら》や高句麗《こうくり》を服従させたといういわゆる「三韓征伐」の立役者、英雄的な女性として神話上に出てくる人物です。

日常使う紙幣に、こういう図柄を最初に採用したのは、天皇の政府が、朝鮮をどうみていたか、これからどうしようとしていたか、それを象徴的に物語るものです。大昔から日本は朝鮮を支配していたかのように、政府の政策によってそうした意識を日本人が日常的に持ち続けるようにしむけたのが、この人物像第一号の紙幣登場の意味だと私は考えています。

錦絵から見て幕末・明治の日本人の朝鮮観を明らかにした姜徳相《カンドクサン》さん（滋賀県立大学名誉教授）は、つぎのように述べています。

通常一国の紙幣の肖像は国家の顔であり、その国のイメージを担っている。「記紀」

の時代への復古をめざした明治政府が、その最初の紙幣に神功皇后を選択したのは朝鮮侵略を行うという国家意志の表明である。武内宿弥《たけしうちのすくね》（記紀伝承上の人物。景行、成務、仲哀、応神、仁徳の五朝にわたり二百数十年間、官職にあり、神功の新羅「征討」に偉功があったという）が韓国併合直後の朝鮮銀行券の一円、五円、十円、百円の肖像にえらばれ、その肖像が一九四五年の解放の日まで変らなかったことは、史実を倒錯させた一種のシオニズムに朝鮮支配の思想的根拠をおいたからとみられる。（姜徳相編著『錦絵の中の朝鮮と中国』岩波書店〈二〇〇七年、一四ページ〉。なお、朝鮮銀行は日本の大蔵省の直接監督下におかれ、本店は京城〈ソウル〉にあったが、重要事項はすべて東京で決定されていた―中塚）

岡倉天心のような知識人でも、「朝鮮は八世紀まで日本の植民地的保護」を受けていたという荒唐無稽の説を公言していた（『日本の目覚め』）のですから、そういう天皇専制の政府の目的は十分に達せられたと見てよいでしょう。

## ❖国家の責任・知識人の責任

私は「陸奥宗光関係文書」にとどまらず、国会図書館憲政資料室の史料などは、日本の国家的な事業として、翻刻し、出版し、日本内外に行き渡らせるべきだ、と常々考えてきました。

しかし、そんなことは夢でした。とくに日清・日露戦争の時代と敗戦までの昭和とは関係がない、昭和の破綻は明治への背信だ——という思いは、吉田茂をはじめとして、ひろく日本人の間にも維持されたことは、この本でも述べた通りです。昭和天皇も、アッケラカンと自分の戦争責任に知らぬ顔をきめこみ、日本の民主主義のはじまりは明治のはじめの「五カ条の誓文」にあるなどといい、日清・日露戦争による日本の朝鮮侵略など、歯牙《しが》にもかけませんでした。

第二次大戦後もひろくこういう状況が日本を支配してきましたが、一方、そうしたなかでも朝鮮史や日本と朝鮮の関係をまともに見て日本の近代史を考えなおす努力をする研究者が、在日韓国・朝鮮人の研究者の努力とあいまって、一九五〇年代の後半ごろから、追いおい、数を増やしてはきました。大韓民国や朝鮮民主主義人民共和国でも、韓国・朝鮮人の研究者が自国の歴史を自前で研究する自由を得て、その研究業績が発表されるようになったのは画期的なことでした。それが当然、日本にも影響します。こうして朝鮮研究の状況は第二次大戦の敗戦前とは大きく変わったことも事実です。

しかし、明治以後、日本にふり積もり、うち固められた朝鮮に対する見方は、先にも述べたようにきわめて強固なものです。第二次大戦後も、日本政府は一貫して韓国・朝鮮の自主的民族的立場に敵対する政策を続けてきました。朝鮮半島の不安定な政治状況――それも日本政府の敵対的な対応と決して無関係とは考えられませんが――ももちろん原因のひとつにはなっています。こうしたことも相乗的に作用して、日本人の韓国・朝鮮を見る目を、大きく変えるのには大変な努力が必要です。

そういう中で、名だたる知識人が書く文章が、明治の日本と朝鮮の関係がひきおこした事実について、ほとんど知らない、あるいは日本人の一般常識でものを言う、そしてかたや、意識するしないにかかわらず、朝鮮に対して日本がしたことにはまったくふれないで、棚上げにしたまま、結果的には「明治はよかったんだ」という想いを日本人の間にひろげる結果になっている、そういう文脈の文章や発言も、よく目にするところです。

司馬遼太郎の『坂の上の雲』は、こういう日本の知識人の文章と無関係に一人歩きしているものではないと思います。立場が多様であればあるほど、「昭和の戦争」にくらべて「明治の輝き」――「輝き」といわないまでも国家指導者・軍の首脳らの「冷静さ」「軍事小国としての自覚」などを説く人がたくさんいます。それはそれで「間違っていない」かのようですが、朝鮮に日本がしたことの「無視」のままに話が進んでしまうのでは、司馬の主張と同じレールを走っていることになります。

加藤周一さんが『朝日新聞』の夕刊に書き継がれていたエッセイ『夕陽妄語《せきよう》』から多くのことを学んだ人、あるいはものの見方を教えられた人はきっとたくさんいるにちがいありません。私もその一人です。

しかし、その加藤さんにも、もうちょっと書いてほしいな、という『夕陽妄語』がなかったわけではありません。

一九八八（昭和六三）年八月二三日付の『夕陽妄語』、「南京　さかのぼって　旅順」というタイトルです。「虐殺への無責任さ共通　加害者の立場　自覚必要」との見出しがついています。ここで、加藤さんは、大要、こういう趣旨のことを言っています。

日本人は四三年前の広島を忘れないが、日本人が犠牲者としての自分自身を強調し、加害者として自己を不問にすれば説得力は減じる。だから「ヒロシマ」と「南京虐殺」

は絡む。「南京虐殺」を日本人は忘れてはならない。そして「南京虐殺」の四三年前、一八九四年、日清戦争のとき旅順で日本軍による「旅順虐殺」があったことを中国人は忘れていない。日清戦争当時、日本政府はこの「旅順虐殺」の責任者を追及せず、日本人がその事件を忘れてしまうのを待った、つまりうやむやにしてしまった。だから、四三年後に「南京虐殺」を引き起こしたのである。

加藤さんは友人から教えられて「旅順虐殺」のことをはじめて知り、「南京」と「旅順」の二つの事件を比較することが、日本の近代史を、沈黙による歪曲から救い出して客観的に理解するために役立つだろうと考えた、といいます。

そして二つの事件は、国際的反響の大きな出来事だったのに、日本政府が国民に知らせようとしなかった点で似ている。しかし、大きな違いもあった。「旅順」の場合は、陸奥宗光外相を中心に欧米諸国の世論を考慮して政策を決めようとする努力が際立っていたが、「南京」のときはもはや国際世論は問題にしなかった。なぜ、このような違いが生じたか。それは日清戦争当時の日本は「軍事小国」で少なくとも政府はそれを自覚していたが、「日支事変」のときはみずから軍事大国と空想していたからである。強大な軍事力は、実にしばしば、一国の政府と国民の国際世論に対する感受性を弱め、軍事力の増強は必ずしも国の安全を保証しないことがよくわかる。

現在では、井上晴樹さんの『旅順虐殺事件』（筑摩書房、一九九五年）というすぐれた著作があります。しかし、いまでも旅順虐殺のことを知っている日本人はなお少ないでしょう。まして今から二〇年以上も前の一九八八年当時のことです。「旅順虐殺」の問題を提起し、日本の今日の問題に論及したのは、さすがでした。

しかし、加藤さんの目が、どうして朝鮮におよばなかったのでしょうか。この『夕陽妄語』を書くのに参考にしたと加藤さんが文中にあげている書物、宇野俊一さんの『日本の歴史26 日清・日露』（小学館、一九七六年）や藤村道生さんの『日清戦争』（岩波新書、一九七三年）には、朝鮮の抗日闘争とその日本軍による弾圧のことも書かれていたのです。

宇野さんはこう書いています。

> 明治二七年二月、古阜郡で蜂起した民乱から一か年、忠清道・全羅道をはじめ、慶尚道・京畿道・黄海道一帯に甲午農民戦争は戦われたが、日本軍を先頭にした、おそるべき人民殺戮と焼土戦術が展開され、略奪された人民の財産もばくだいな額にのぼっ

た。日清戦争は、日本軍が朝鮮から清国軍を排除するための戦争であっただけではなく、外国勢力の侵略に反対する朝鮮民衆にたいして徹底的な血の弾圧を加えたことに大きな特徴があったといえよう。（八八〜八九ページ）

加藤さんが、朝鮮の抗日闘争への日本軍による弾圧にふれずに、陸奥外相が欧米諸国の世論を考慮しつつすすめた外交政策を特筆するとき、陸奥が指揮をとった朝鮮への「高手的、狡獪手段」と自分でも書いていたその陸奥の手腕のもつ意味が、問われないまま過ぎていってしまうのです。

明治の政治家が、日本はまだ「軍事小国」であることを意識していたことは確かですが、「軍事小国」でも、とくに朝鮮に対しては、充分すぎる軍事力を持ち、内外に公表できないことをやってきたことは、本書でるる述べたとおりです。

この「南京　さかのぼって　旅順」の考察をさらに「南京　さかのぼって　旅順、そして朝鮮、珍島まで」とひろげることができたら、私たちの歴史を見る目は、どんなにひろがることでしょう。

『坂の上の雲』を批判する研究はすでにいくつかあります。しかし明治のはじめにまでさかのぼって、とりわけ朝鮮との問題を重視して全面的な批判検討を提唱する論考がほとんどありません。管見のかぎりでは、備仲臣道《びんなかしげみち》さんの『司馬遼太郎と朝鮮』（批評社、二〇〇七年）は例外です。しかしこの本にも、日本が朝鮮でしたことの具体的な事実の指摘が、すでにそういう点について学界での成果として公にされているにもかかわらず、きわめて不十分にしか触れられていないのは、惜しまれます。

## ❖東学農民軍の戦跡を訪ねる旅のすすめ

「韓流」ブームで韓国にたいする関心が高まったことは、日本人の韓国・朝鮮問題への関心をたかめる上で結構なことです。しかし、一方で「韓流」にはまっていても、明治以後の日本と朝鮮の関係については、日本人の間に理解が深まったとはとてもいえないのが現状ではないでしょうか。

そこで、私の提唱です。私は二〇〇一年、「東学農民革命の二一世紀的意義」という国際学術大会に招かれて、韓国の全州《チョンジュ》を訪問しました。そして、その学術大会でおこなわれた全州近郊の東学農民軍の戦跡、記念碑、記念館などを見学するフィールドワークにも参加しました。「百聞は一見にしかず」でした。

日清戦争当時、韓国ではなにが起こっていたのか、東学を奉じる農民はどのようにたたかったのか、その川、その丘、その道。歴史の跡を歩くのはどこでも大切なことですが、日清戦争とは朝鮮人にとってなんであったのか、その戦いと犠牲を、現在の韓国の人たちはどう見ているのか、つぶさにわかったとは言いませんが、ひしひしと胸につたわってきたことだけは確かでした。

それから「東学農民軍の戦跡を訪ねる旅」を提唱し、二〇〇六年から、富士国際旅行社の企画としてツアーを組んで、毎年、全州近郊、そして珍島《チンド》にも足をのばしています。このツアーを計画してうれしいのは、参加した人たちの歴史の見方がおおきく変わっていくことです。ある地域で、会社を退職して町の「戦争展」の企画にもたずさわっているHさんから、こんな手紙をいただきました。

はじめての韓国訪問で、一挙に核心にふれる勉強をした思いです。大変喜んでいます。このツアー以後、折にふれて、日清・日露の戦争について語る際には、朝鮮問題が重要な軸であることを説明することができるようになりました。

全羅北道古阜にある「無名東学農民軍慰霊塔」（著者撮影）

八月の戦争展のプレ企画として、シリーズで日清戦争からアジア太平洋戦争までを学ぶ講座を開いていますが、そのなかで私は不十分ながら「日清戦争と東学農民革命」というテーマで話をしています。
ほとんどの人が「東学党の乱」ということばは聞いたことがあったが、何のことかほとんど知られていないという実情ですから、大変、有意義だったと思っています。

このツアーは小さな試みにすぎません。大海の一滴かもしれません。しかし、新たな知的財産を参加者に残しているのも確かです。こうした試みが各地で起こることを期待します。そして日本の私たちが、過去をきちんと

「無名東学農民軍慰霊塔」補助塔（著者撮影）

理解し、それを基礎に新しい日本と韓国・朝鮮の関係をうちたてたいとのぞむならば、それと連帯して、手をさしのべてくれる韓国の友人はかならずいます。

## 5　歴史が語ること

### ❖「共生の時代」二一世紀を前に

さて、いよいよ最後です。

日本が明治維新から四〇年たらずで、ユーラシア大陸の縁《ふち》に寄り添うような小さな島国から、世界の大国、列強の仲間入りをし、五大国の一つになったというのは、世界史のなかでも注目されるできごとでした。これは否定することのできない事実です。

この急成長をどう見るか。

司馬遼太郎は「栄光の明治」として『坂の上の雲』を書きました。しかし、この「明治の栄光」は、日清戦争から数えてわずか五〇年、日露戦争からではわずか四〇年の短い歳月のあと、朝鮮・中国をはじめアジア・太平洋の地域で、二〇〇〇万人以上の人びとの命を奪い、日本人も三一〇万人もの人たちが戦火に死すという、一九四五年の惨憺たる日本の敗北に行き着きました。

戦後日本の政界・思想界の主潮流は、この惨憺たる敗北は「明治の遺産ではなく、明治への背信の結果である」と言い続けてきました。司馬遼太郎の『坂の上の雲』もその潮流の中にあります。

それは本当か？　ここを問い直すことが、「共生と協力」がキーワードとなった人類史の現段階で、私たち日本人が、世界に責任をはたしつつ生きていく上での「勘どころ」ではありませんか。

日本の「明治の栄光」は、隣国、朝鮮の犠牲の上になりたっていたことを、私はこの本で一貫して述べてきました。もう一度、考えてみてください。「他民族、しかも長い歴史と高度な文化をもっている朝鮮」を圧迫し、その民族主権をうばって、それを「栄光」というなら、そんな「栄光」が長持ちするはずはないではありませんか。あたりまえのことです。

## ❖伊藤博文はわかっていたのか――その憂慮

朝鮮は無力である、日本が支配しなければロシアがとってしまう、そうなると日本の安全は保てない――そういって明治の日本は朝鮮への圧迫を正当化しました。これは、朝鮮の民族的な力をことさらにおとしめ、日本の朝鮮侵略を正当化するための欺瞞的な主張でした。当然のこととして、「明治の栄光」は、朝鮮のはげしい民族的な抵抗に直面せざるを得ませんでした。「併合」後、一〇年をまたずしておこった一九一九年の三・一独立運動をはじめ、朝鮮の独立運動はあとをたちません。

それに手を焼いて、さらに中国の東北（満州）にまで侵略の手をのばす。当然、中国の民族運動が澎湃《ほうはい》としておこります。

朝鮮・中国の民族運動が高まれば、当然、帝国主義諸国にも影響します。帝国主義国の利害からする考え方、また帝国主義国といっても、市民革命をへて、人民的な権利が強い国々では、人民的なレベルでの朝鮮・中国の民族運動への支援がさまざまにおこるのも当然です。アメリカをはじめ世界のジャーナリストの手によって、朝鮮や中国の独立のためのたたかいが世界に報道されていきました。

話は少しさかのぼりますが、一九〇五（明治三八）年に韓国と「保護条約」を結んで初代韓国統監となった伊藤博文は、一九〇七年一一月六日、長文の「対外政策に関する意見書」を外務大臣の林董《ただす》に送っています（『日本外交年表竝主要文書』上、二八二～二八四ページ所収、「対外政策に関する伊藤韓国統監意見書」）。

伊藤はこの意見書で、イギリス政府の日本への態度が日英同盟の必要を感じていたころとずいぶん変わってきている、ドイツはもっと日本反対の主義にあることは疑いない、アメリカとも労働問題、移民問題で関係改善が急がれる、と国際的に対日世論が決してよくないことに注意をうながして、その上で「満州問題」について言及、つぎのように述べました（カタカナをひらがなにし、句読点、濁点を加えて紹介します）。

我当局者にして門戸開放、機会均等の主義を尊重せず、切《しき》りに利己主義に走れば、欧米諸邦は我誠実を疑い信を吾《われ》に措《お》かざるに至《いたる》べし……満州に於ける利己政策の実施は清人《しんじん》の反抗を招くは勿論、第三者に対して煽動の機会を与え、終《つい》に同人種たる日清間の戦争を再演するに至るなきを保《ほ》し難し……若《も》し此処に至れば世界の排日論者は手を拍《うち》て歓呼すべし……

日本政府当局者が、満州における商業上の門戸開放・機会均等の主義を尊重せず、利己主義に走って独占的に行動すれば、欧米諸国は日本を信用しなくなるだろう、満州で利己主義的な政策を実施すれば「清人の反抗を招く」し、中国人の抗日の動きを生みだすのはもちろん、再び日中間の戦争が起こらないとも限らない、そうなれば世界の「排日論者は手をたたいて歓呼するだろう」と注意をうながしているのです。

そしてこの意見書の最後に、伊藤は自分の意見をまとめて、次のように書いています。

以上論述する所を綜合すれば、帝国（日本）現下の位地は当局者の最も憂慮すべきものと思考いたし候。世界の大勢はほとんど日本を孤立せしめずんばやまざるの傾向を示しおり候。もちろん列国おのおのその利害を異にするが故に、わが当局者にして用意周匝《しゅうそう》（用意をめぐらして怠りなく）常に未雨綢繆《ちゅうびゅう》（雨が降る前に修繕する）の策を誤らざれば、容易に孤立の悲境におちいるが如きことなかるべきも、画策その当を失い、行動その道をあやまれば、たちまちにして来るべし。今日この重大なる時期に当りて我廟堂《わがびょうどう》（政府）諸公はいかなる処置に出でんとするや、なかんづくいかなる訓令を小村大使（小村寿太郎イギリス駐在大使）に与えたるや、また青木大使（青木周蔵アメリカ駐在大使）に与えんとするや、本官は近時の趨勢を熟察して帝国前途のため深き杞憂を抱かずんばあらず。あえて卑見を開陳して閣下（林董外務大臣）の熟慮をわずらわし申し候

世界の大勢は、ほとんど日本を孤立させようとする勢いがやまない傾向を示している。もちろん列国はおのおの利害の対立もあるから、日本政府が用意周到に雨がふるまえに雨漏りをなおしておくぐらいの対策をとって、行動をあやまらなければ、簡単に孤立することはないだろうが、まとはずれな策をとったり、行動をあやまれば、たちまち孤立してしまうだろう。この重大な時期に、政府はどうするのか、イギリス駐在の小村大使にはどん

な訓令をあたえたのか、またアメリカ駐在の青木大使には、どういう指示をあたえるつもりなのか。自分は最近のなりゆきをよくよく考えて、日本の前途のため心配で仕方がないので、あえて意見をのべてあなたの熟慮をお願いしたい――というのです。

伊藤はこの意見書で、統監として赴任している朝鮮の状況についてなにも書いていません。書いていないから、朝鮮は心配することはなにもなかったのでしょうか。そうではありません。その逆です。

伊藤はすでに、さらにもう少し前、この年の四月、林外務大臣あてに、「韓国の形勢がいまのように推移するならば、年がたつにつれて「アネキゼーション」はますます困難になるだろう。だからいまのうちにわが国の意思のあるところを明らかにし、あらかじめロシアの承諾を得ておかなければならない」と電報を打っていました。「アネキゼーション」(annexation)は「合併、併合」のことです。

日露戦争後、大韓帝国――朝鮮は当時、国号を大韓帝国としていました――から、保護条約により外交権を奪い、植民地化へ重大な一歩をすすめていた日本ですが、朝鮮では武器をとってたたかう抗日義兵闘争と、国民の愛国精神をつちかう教育活動に重点をおく愛国文化啓蒙運動が新たに起こっていました。

抗日義兵の動きは、日清戦争のときから見られましたが、日露戦争後には、その規模が全国的に大きく広がったことに特徴があります。

しかも、六月には、韓国皇帝の密使がオランダのハーグで開かれていた第二回万国平和会議にあらわれ、日本の不法を訴えたのです。伊藤をはじめ日本政府は衝撃を受け、皇帝を退位させてしまいます。そして第三次日韓協約を結ばせ、行政・司法の実権を統監に集中し、韓国軍隊も解散させました。しかし、これが義兵闘争に油をそそぐ結果となりました。

伊藤が、一九〇七（明治四〇）年一一月六日、右に紹介した意見書を書いたころは、翌年の〇八年にかけて、抗日義兵闘争は朝鮮全土に波及し、ピークを迎えようとするころです。日本政府はもう一度、戦争をするほどの軍隊を新たに送り、この鎮圧に乗り出さなければならなくなったのです。義兵と戦った日本軍の記録、『朝鮮暴徒討伐誌』（朝鮮駐箚《さつ》軍司令部、一九一三年）によると、一九〇七年八月から一九一一年六月まで、義兵が日本守備隊・憲兵・警察と衝突した回数は二八五二回にのぼり、義兵の数は不確実な統計でも、一四万一八一八人を数えます。南は全羅道《チョルラド》・慶尚道《キョンサンド》から、北は咸鏡道《ハムギョンド》まで、朝鮮全土で戦われたのです。

これに対し日本軍は、圧倒的な武力で鎮圧に向かい、さらに義兵闘争の起こった村全体を焼きはらうなどの戦術をとって、朝鮮人の抗日の意志を失わせようとしました。義兵闘争は一九〇八年をヤマとして、一九〇九年にも、規模は小さくなりながら、なおはげしくつづきました。義兵蜂起の最も活発であったのは、東学農民軍の伝統をひきつぐ全羅道一帯でした。日本軍はこの年の秋、約二カ月にわたって「南韓暴徒大討伐」作戦を実施して、義兵を再び西南に追いつめて壊滅させます。

日本軍の容赦ない弾圧によって、義兵闘争はしだいに敗退していきましたが、朝鮮全土におよんだ戦いは、朝鮮人の民族的連帯感を熱くし、北の国境をこえてシベリアや中国東北地方に移住した朝鮮人は、その後長く朝鮮の独立、解放のための武装闘争の源となりました。

伊藤は、朝鮮では抗日の運動を情け容赦なく日本の軍事力で押さえつけました。しかし鎮圧はできたとしても、朝鮮の抗日運動をまったく根絶するなどということは到底できないことも知っていたのではないでしょうか。

日本軍の王宮占領に抗議して起こった東学農民軍を主力とした一八九四年秋の第二次蜂起、そして日露戦争後にはこの義兵闘争です。朝鮮の抗日運動は、いくら武力で鎮圧されても、次には前の規模を上まわって再び起こりました。

韓国統監としての伊藤博文がこうした足元の動きを見たとき、この朝鮮の民族的動きが世界の耳目《じもく》を集め、それが欧米列強の対日政策に波動するかもしれない――伊藤の不安は幾重にも深まったことでしょう。

しかし、伊藤は、初代の統監を引きうけ、一九〇九（明治四二）年には、「併合」にゴーサインを与えたのです。

伊藤博文は日本の将来に楽観的でないのはもちろん、大いに心配していたのですが、「明治の日本」を指導してきた中心人物でした。朝鮮一国だけなら軍事力でおさえられる、朝鮮に対してはもう引き返せないと考えていたのでしょう。しかし、それが大誤算であったことは、半世紀もまたずに全世界に明らかになりました。

### ❖真実の隠蔽・歴史の偽造が生みだす国家の頽廃《たいはい》

前にも述べましたように、司馬遼太郎は日露戦争後、日本人の「痴呆化」がはじまり、陸軍はそれまでとは別物にかわり、参謀本部が日本を狂わせた「思想の卸元」になるのも日露戦争後のことである、とくりかえし述べています。そうすることで日清・日露戦争の時代を「栄光の時代」としてほめたたえたのです。

歴史はつづいていて中断することはありません。連続しています。そしてたえず変化しています。

「明治の栄光」は――

第一に、朝鮮との民族的な対立をひきおこします。

第二に、帝国主義列強との対立を避けられなくします。

もう一つ、私は、自分たち日本人の問題として強調したいことがあります。

第三に、日本の政治・軍事、また国民の思想を含めて、頽廃が進んだということです。しかもそれは、日露戦争後、急にあらわれたということではなく、江華島事件にはじまり、日清戦争における「三つのキイ」でも指摘したように、この戦争では内外に公言できないことをあえてやり、しかも戦史を偽造してそれを隠しました。そういうことを重ねて、日本は天皇をはじめ一般庶民にいたるまで、頽廃に狎《な》れたのです。

明治の第一世代ともいうべき政治家や軍人が先例をつくったのです。そして内外に公表できないことをひた隠しにしてきたのです。ですから、第二世代が同じように、さらにそれに輪をかけた行動に出ようとしたとき、それを断固として押しとどめるべき政治的な基盤も倫理的な原理も失ってしまっていたのです。

### ❖いま、『坂の上の雲』をテレビドラマ化する意味

田山正中ではありませんが、外に敵をつくって自己の安全を守ろうしても、それはできません。かならず破綻します。

このことの歴史的な総括を、第二次世界大戦後もしてこなかったのが日本です。

そして、朝鮮戦争やベトナム戦争という、近隣の諸民族の犠牲にも便乗して、経済的にふたたびのしあがり、それに見合う政治的・軍事的大国化をはかろうとする現在の日本。

朝鮮半島の分断、最近の朝鮮半島をめぐる諸問題も元をただせば、日本の朝鮮植民地支配が根源の原因であるにもかかわらず、そんなことは「なにも知りません」というようないまの日本。もっぱら「敵をつくって」日本の安全を実現できるかのようにふるまう昨今の日本。

その日本で、『坂の上の雲』をＮＨＫがスペシャルドラマとして二〇〇九年から二〇一

一年まで、三年がかりで放映します。

その意図は、はたしてどこにあるのでしょうか。

前にも引用しましたが、司馬遼太郎は、生前『坂の上の雲』は「なるべく映画とかテレビとか、そういう視覚的なものに翻訳されたくない作品でもあります、うかつに翻訳すると、ミリタリズムを鼓吹しているように誤解されたりする恐れがありますからね」と言っていました。

また、司馬は在日韓国・朝鮮人の学者・文化人との交遊があったこともすでに書きました。司馬が一九八九年、訪韓してソウルの青瓦台《せいがだい》（大統領官邸）で盧泰愚《ノテウ》大統領と対談したとき、司馬に依頼されて同席し、通訳の役目を果たすことになった姜在彦《カンジェオン》さんもその一人でした。その対談は「特別対談　盧泰愚大統領　司馬遼太郎　我々は　こんなに異なり　こんなに近づいた　二つの国のかたち、歴史・政治・文化を語る」という文章になっています（『文藝春秋』一九八九年八月号）。対談の前文にあたる文章で司馬は、こう書いています。

私なども、李氏朝鮮が日本の悪しき侵略に遭う（一九一〇）まで朝鮮といえば朱子学の一枚岩で、そこには開化思想や実学（産業を重んじ、物事を合理的に考える学派）などはなかったと思っていた。

いまは、たれもそうは思っていない。

この功の多くは、ときに少年のような表情をする姜在彦教授（京都・花園大学）に負っている。……


この認識は、『坂の上の雲』で書いた「韓国自身の意思と力でみずからの運命をきりひらく能力は皆無といってよかった」というのとは、明らかに違っています。司馬が「坂の上の雲」の映像化を欲しなかったというのには、こうした在日韓国・朝鮮人との交遊やそれによる彼自身の朝鮮認識のゆらぎもあったからではないか、などと思うのは私の深読みでしょうか？

この『坂の上の雲』を含めて、近代日本の朝鮮認識、それがいまもって日本にもたらしているさまざまな問題を徹底的に解明することが、私たちに求められています。

# あとがき

一九六八（昭和四三）年は、司馬遼太郎が『坂の上の雲』の新聞連載をはじめ、日本政府主催の「明治百年記念式典」がおこなわれた年です。その前の年、一九六七年の二月一一日には、第二次世界大戦での敗戦後、廃止された「紀元節」が、「建国記念の日」の名のもとに復活していました。記紀神話に初代天皇として登場する「神武天皇」が、奈良県の橿原《かしわら》の宮で即位したその日を、敗戦前と同じように祝おうというのです。

二月一一日には、全国各地から橿原神宮に街宣車が集まってきます。天皇が派遣する使者もきます。しかし神話上の天皇が実在するはずはありません。人びとは大昔からここに神社があったと思っているかもしれませんが、この「橿原神宮」は明治になって、教育勅語が出された一八九〇（明治二三）年にできたのです。そして日本が真珠湾攻撃で世界を相手に戦争を拡大する一九四一（昭和一六）年の前の年、一九四〇年に「神武天皇が即位してから二六〇〇年目にあたる」として、国家的キャンペーンのもと国民による大々的な勤労奉仕で大拡張したのです。

この橿原神宮は近代日本の産物です。戦争とかたくむすびついた神社です。

奈良県では、一九六七年の第一回の「建国記念の日」以来、こんな歴史を偽るくわだては認めることはできない、と反対する集会が、毎年、欠かさず続いています。実行委員会がその年々の、考えるにふさわしいテーマを選び、講演者を招いて、ふたたび架空の歴史によって、国民を誤った方向にもっていかせない、と改めて決意する日にしています。

今年は第四三回目でした。その「第四三回「建国記念の日」に反対する奈良県民集会」で、私が「日本の近代とどう向きあうのか――NHKスペシャルドラマ「坂の上の雲」を問う」と題して話をしました。この本は、その話が出発点になっています。

この講演をきっかけに、なぜ、いまNHKが司馬遼太郎の『坂の上の雲』を放映するのか、と疑問をもっている人がたくさんいることがわかりました。おかしいぞ！　と危機感をもっている人びとが各地にいることがはっきりしました。

私は、自分の半世紀におよぶ日本近代史の研究で抱きつづけてきた想いを、この本に詰め込んで読者にお送りします。『坂の上の雲』に感動した方も、眉に唾をつけて読まれた方も、なにかうさん臭いと思って読んでいない方も、それぞれの想いから私のこの本を読んでいただければ、幸いです。

この本を読まれて、私のとりあげた時代に、日本人で朝鮮の問題を考え、朝鮮人との連帯活動もした人がいるのではないか。田中正造はどうだ、布施辰治《ふせたつじ》もいるではないか、また槇村浩《まきむらこう》は「間島《かんとう》パルチザンの歌」を発表しているではないか――そういう人たちのこともなぜ書かないのか、という批判をもたれる方がきっといらっしゃると思います。

私は唯一、明治初年の田山正中について書いただけです。批判の趣旨は十分理解します。少数の先駆者たちの活動のあとを知ることはもちろん大切です。それと同時に、私たちの足元に深刻な問題が横たわっていることに気づくことも重要です。いまそれを問い直すことが、なににもまして喫緊《きっきん》の課題ではないか、と私は考えました。

日本と朝鮮の関係をふりかえって再検討してみるのは、たんに知らなかったことを知る、歴史の知識を増やす、といった問題にとどまりません。むしろ日本人がこれからを生きていくために日本人一人ひとりが、自分たちの歴史に対する見方を問い直し、生きていく道をしっかり見定めることだと私は考えています。そのことを繰り返し、本書では述べました。

読者から忌憚《きたん》のないご批判をお待ちします。

司馬遼太郎の歴史観批判の本を書くように、まえから高文研の梅田正己さんや真鍋かおるさんから勧《すす》められていました。右に書いたような事情から、今年になって私もその気になり、執筆をすすめました。お二人には執筆、編集をすすめる上でたいへんお世話になりました。

また、金文子《キムムンジャ》さんには、今回も原稿を読んで数々の指摘をしていただきました。その上、金さんの近著、『朝鮮王妃殺害と日本人』（高文研、二〇〇九年）からの写真の転載を快く承認してくださいました。

そのほか、奈良をはじめ日本各地はもちろんのこと、海を渡って韓国でも、民主主義と平和のために日常を努力して生きておられる、内外の多くの方々のはげましがあって、この本ができあがりました。学問上の示唆をいただいた方々とともに、皆さん、すべてにあつく感謝します。

ありがとうございました。

最後に、三月に急逝した吉岡吉典君を悼み、あとがきを終わることにします。

吉岡吉典君は、第二次大戦の敗戦後、新聞『赤旗』の記者などをへて、一九八六年から二〇〇四年まで、日本共産党の参議院議員として活躍しました。政治家であるとともに、歴史問題や外交・安全保障に詳しい学者・研究者でもありました。私は朝鮮問題をめぐる研究を通して、一九六〇年代から親しくしてきました。議員を辞めてから「東学農民軍の戦跡」を訪ねて一緒に韓国を旅したこともありました。その吉岡君が、今年、二〇〇九年三月一日、ソウルで開催された「三・一独立運動九〇周年」の日韓共催のシンポジウムで、日本側を代表して報告し、すべての行事を終えた後、その夜、心筋梗塞で急逝しました。

年齢は別として、時と所は「天与」かと思うほどに吉岡君にはふさわしい最期でした。しかし、「韓国併合百年」を前にし、またそれに重ねるようにＮＨＫが「坂の上の雲」を放映する、このときに、吉岡君から聞くべき話はまだたくさんありました。それが聞けなくなったのは残念の極みです。

長年の友情に感謝し、小著を吉岡吉典君の霊前に捧げます。

二〇〇九年　夏

**中塚　明**

本書で引用した『坂の上の雲』文春文庫版の書誌データ

| 巻数 | 増刷数次 | 増刷年月日 | 初刷年月日 |
|---|---|---|---|
| 1 | 第40刷 | 1996年11月30日 | 1978年1月25日 |
| 2 | 第39刷 | 1996年11月30日 | 1978年1月25日 |
| 3 | 第35刷 | 1996年6月30日 | 1978年2月25日 |
| 4 | 第34刷 | 1996年6月30日 | 1978年2月25日 |
| 5 | 第33刷 | 1996年7月15日 | 1978年3月25日 |
| 6 | 第33刷 | 1996年9月30日 | 1978年3月25日 |
| 7 | 第31刷 | 1996年7月5日 | 1978年4月25日 |
| 8 | 第32刷 | 1996年10月20日 | 1978年4月25日 |

※編集部注＝引用箇所のページ数については、上記の版のページ数を表記しましたが、増刷年月日の新しい版ではページ数がずれている場合があります。

**中塚 明**（なかつか・あきら）
1929（昭和４）年、大阪に生まれる。日本近代史専攻。近代日本における朝鮮問題の重要性を自覚し、1960年代から日清戦争をはじめ近代の日朝関係の歴史を主に研究。1963年より奈良女子大学文学部に勤務、93年、定年退職。この間、朝鮮史研究会幹事、歴史科学協議会代表委員、日本学術会議会員などをつとめる。奈良女子大学名誉教授。
著書『日清戦争の研究』（青木書店）『近代日本と朝鮮』（三省堂）『「蹇蹇録」の世界』（みすず書房）『近代日本の朝鮮認識』（研文出版）『歴史の偽造をただす』『歴史家の仕事』『これだけは知っておきたい日本と韓国・朝鮮の歴史』『現代日本の歴史認識』（以上、高文研）など。

司馬遼太郎の歴史観
◆その「朝鮮観」と「明治栄光論」を問う
●二〇〇九年 八 月 一 日――――第一刷発行
●二〇〇九年一〇月 一 日――――第二刷発行

著 者／中 塚 明

発行所／株式会社 高 文 研
東京都千代田区猿楽町二―一―八
三恵ビル（〒一〇一＝〇〇六四）
電話 03＝3295＝3415
振替 00160＝6＝18956
http://www.koubunken.co.jp

組版／株式会社Web D

印刷・製本／シナノ印刷株式会社

★万一、乱丁・落丁があったときは、送料当方負担でお取りかえいたします。

ISBN978-4-87498-426-0　C0021